JN388701

www.mayabooks.co.kr

www.mayabooks.co.kr

갓 오브 블랙필드

갓 오브 블랙필드 ❸

지은이 | MJ STORY 무장
펴낸이 | 권순남
펴낸곳 | (주)마야·마루출판사

등록 | 2008. 1. 7(제310-2008-00001호)

초판 2쇄 인쇄 | 2020. 11. 24
초판 2쇄 발행 | 2020. 11. 27

주소 | 서울특별시 노원구 동일로237가길 17, 신영산업 **BD 602호**
대표전화 | 02-2091-0291
팩스 | 02-2091-0290
이메일 | marubooks@mayabooks.co.kr

ISBN | 978-89-280-3314-0(세트) / 978-89-280-3334-8
정가 | 8,000원

잘못된 책은 교환하여 드립니다.
저자와 협의하여 인지를 붙이지 않습니다.

「이 도서의 국립중앙도서관 출판시도서목록(CIP)은 서지정보유통지원시스템 홈페이지(http://seoji.nl.go.kr)와 국가자료공동목록시스템(http://www.nl.go.kr/kolisnet)에서 이용하실 수 있습니다.」
(CIP제어번호:CIP2014030199)

갓 오브 블랙필드 ③

MAYA&MARU MODERN FANTASY STORY
MJ STORY 무장 현대 판타지 장편소설

GOD OF BLACKFIELD

마야&마루

목차

제1장. 끝장을 보자 …007
제2장. 고기를 잡으러 …061
제3장. 가슴이 시키는 일 …099
제4장. 사업? …137
제5장. 내 새끼 …177
제6장. 제대로 해 주지 …217
제7장. 뒤통수를 쳐? …255
제8장. 닭 쫓던 개 …291

제1장

끝장을 보자

"고마워."
허은실이 강찬의 눈치를 살피며 건넨 인사다.
"너, 내가 학교에서 화장하지 말라고 했지?"
"멍이 들어서."
허은실의 고개가 뚝 떨어졌다.
하여간 이년도 맷집 하나는 거의 스미든급이다.
"이호준, 넌 또 왜 처맞는 거냐?"
이번에는 이호준의 고개가 뚝 떨어졌다.
그래, 답을 들어 뭐하겠냐.
강찬이 고개를 저으며 걸음을 옮기려 할 때였다.
"전에 우리 봐주던 깡패도 없어졌고, 우리 학교 이 학년들이 일진 모임에 안 나오니까 그래서 맞는 거야."

허은실의 설명에 묘한 항의가 담겨 있었다.

"그럼 너희도 안 나오면 되잖아!"

"아까 맞은 애랑 팔 부러진 애들 선배가 다 깡패라 그래. 여기 안 나왔으면 우린 정말 죽어."

'쫏.'

귀찮았고, 지금 뭐하는 건가 싶었다.

강찬은 화단을 빠져나와 택시를 탔다.

앞으로 뭐하고 살아야 하는 거지? 다시 태어나고 처음 해본 생각이다.

프랑스 유학? 라노크가 입학시켜 준다고 해도 프랑스어 지껄이는 거 말고는 그냥 무식한 학생일 뿐이다.

용병은 싫다. 전의 삶에서야 아무런 희망이 없어서 죽음을 각오했지만, 복수할 건더기도 없는 살육의 현장에 뭐하러 가겠나.

고등학교를 졸업하고 강대경에게 부탁하면 강유모터스에 자리 하나는 얻을 거다. 밑바닥부터 시작하는 것도 나쁘지 않겠지만, 강대경의 도움으로 취업하고 싶지 않았다.

방학, 그리고 2학기를 이렇게 빈둥거리며 보낸다? 그렇게 되면 이호준이나 허은실과 다를 바가 없다.

라노크가 회사를 하나 운영해 보라고 했으니 부탁하면 적당한 회사를 물색해 줄 거다. 그러나 그 정도는 알아서 해결하고 싶었다.

밥을 먹은 후, 강찬은 미쉘에게 전화했다. 그리고 전에 말했던 회사 인수가 가능한지 물었다.

비용은 5억쯤? 가능성 여부는 일주일 정도 시간이 걸린다는 답이었다.

몸뚱이가 뜨거워지기 전에 얼른 끊었다.

'하나씩 하자. 공부도 좀 해 보고.'

⚜　　⚜　　⚜

월요일은 방학이라고 4교시 수업이었다. 덕분에 모두 운동부실에 모여서 돈가스를 먹었는데, 1학년은 여유가 있었고 2학년은 수련회로 들떠 있었으며, 3학년은 그저 그랬다.

"내일 몇 시 출발이니?"

"아홉 시까지 학교에 나와서 버스로 간대요."

차소연과 다른 2학년 아이가 합창하듯 답을 했다.

"다른 애들은 몰라도 너희는 딴짓 못해."

"선생님, 너무해요!"

"운동부가 모범을 보여야지."

"이제 겨우 애들이랑 다시 친해졌단 말이에요. 그런데 수련회에서 범생인 척하면 또 찍혀요."

짓궂은 표정의 석강호에게 차소연이 부린 투정이었다. 상처가 될 수 있는 말을 어렵지 않게 하는 것이 보기 좋았다.
"선배님, 같이 가면 안 돼요?"
 돈가스를 입에 넣던 강찬은 뭔 소린가 했다.
"같이 가요!"
"얀마, 내가 가면 너 하나 딱 좋고 나머지 이 학년 전체가 못 놀아. 그럼 넌 영원히 찍힌다."
"아니에요! 우리 반 애들 중에도 선배님 왔으면 하는 애들 많아요."
"도라이들이냐?"
 석강호가 '푸흐흐.' 하면서 던진 질문이었다.
"선생님이 그런 말씀을 하세요?"
"푸흐흐."
 이번엔 강찬이 비슷하게 웃었다. 하마터면 음식을 쏟을 뻔해서 '더러운 새끼'가 될 뻔했다.
"식당에 선배님 안 오시면 서운해하는 애들 많아요. 요즘엔 다 줄 서서 먹고, 뻐기는 애들 없어졌다고 얼마나 좋아하는데요. 선배님, 그러니까 같이 가요!"
"정신 차려. 삼 학년이 어떻게 거길 가?"
"선배님은 그냥 따로 와도 되잖아요."
"잠은?"
"선생님 방에서 자면 되죠. 아니면 저희 방도 괜찮아요."
 김미영이 들으면… 상상하기 싫다.

맛있게 돈가스를 먹고 난 후에, 잘 다녀오라고 어깨를 두들겨 주었고, 1학년과 3학년은 내일부터 편한 때 나와서 기구 운동을 하라고 했다.

"수련회 갔다 와서 우리끼리 어디 놀러 갔다 옵시다."

"목은 언제 푸냐?"

"저녁때 알아서 풀기로 했소. 이젠 제법 돌아가요."

석강호가 보란 듯이 목을 돌린 다음이었다.

"그런데 이 새끼들이 연락이 없으니까 이젠 궁금하기까지 하네. 다른 일 없는 거요?"

사실 아직 말하지 못했다. 아니, 솔직하게는 말하지 않은 거였다. 수련회 내내 마음 무겁지 않을까 해서였는데, 막상 석강호가 물어보자 아차 싶었다.

"사실은 수련회 다녀와서 말할까 했는데, 어제 라노크 만나고 왔다. 쉬프 발표회에서 만난 프랑스 대사 말이야."

"아! 그 양반은 왜요?"

강찬은 숨을 한 번 내쉰 후에 입을 열었다.

"샤흐란이 살아 있단다."

"뭐, 뭐, 뭐요?"

"틀림없이 심장에서부터 옆구리를 쭉 갈랐는데, 사막의 얼음이란 이름으로 프랑스에 전화가 갔었다더라. 한국에 꼭 죽일 놈이 있다고."

"중국 놈들이 해결한다고 했담서요?"

끝장을 보자 • 13

"프랑스에서 송금도 했다나 봐."

"뭐야? 그럼 뒤가 따로 있단 얘기네? 가만있자, 송금한 놈을 잡아 족치면 되는 거 아뇨?"

"그런다고 했는데, 너 같으면 빤히 잡힐 이름으로 돈 보냈겠냐?"

석강호가 '흐흠.' 하며 깊은숨을 내쉬었다.

"몸조심하고 있으쇼."

"너나 조심해. 안 그래도 목을 비틀어서라도 못 가게 할까 싶었으니까."

"나야 애들하고 있으니까 함부로 못 건드릴 거요. 하기야 샤흐란 놈이 남을 시킬 거 같진 않고, 몸뚱이 나을 때까지 큰일은 없겠소."

강찬이 석강호를 향해 고개를 저었다.

"방심하지 마. 그 새끼가 이빨을 갈고 있다면 절대로 쉬운 싸움이 아니다."

"에이! 갑자기 수련회 가기가 확 싫어지네."

"가지 마라."

"쯧!"

석강호가 강찬의 흉내를 내며 언짢은 소릴 냈다.

"누군가 대신 가 줘야 하는데 지금은 마땅한 사람이 없수. 조심해서 갔다 올 테니까 하여간 몸조심 좀 하고 있으쇼. 뭐하면 내가 올 때까지 방에서 나오지 말고."

말한다고 들을 석강호도 아니고, 그렇다고 학교 일정을 무시하라고 하기도 어려웠다.

"저녁엔 뭐할 거요?"

"집에 있을 거야."

"알았소. 그럼 대충 준비 마쳐 놓고 저녁때 갈 테니까, 미사리 가서 차 한잔하고 옵시다."

"알았다."

말을 마치고, 강찬은 집으로 향했다.

⚜ ⚜ ⚜

집에 도착해서 간단하게 샤워를 하고 인터넷 검색을 통해 미쉘이 이야기한 드라마 제작사에 대해 알아보았다.

'배우가 소속되었다고 했으니까, 매니지먼트라는 걸 같이 하는 거구나.'

말 나온 김에 은소연이란 배우에 대해서도 살펴보았다.

최근 일일 드라마 '이번엔 내 맘대로'에서 막내딸로 나오는 것 말고는 딱히 눈에 띌 만한 배역은 없었다. 댓글 보면 욕을 먹는 것 같지도 않고.

강찬은 은소연의 소속사로 기재된 '디아이 패밀리'도 마저 검색했다. 남자 연기자는 없고, 여자 연기자만 달랑 셋이다.

"뭐야? 이게?"

기가 막혔다.

미쉘이 이런 일로 눈을 칠 것 같지는 않고.

'나중에 물어보지, 뭐.'

강찬은 다시 체대 입시에 관해 알아보았다.

실기! 이런 거라면 좀 되지 않을까? 특기로는 '근접 격투술' 정도 하고.

프랑스에서도 근접 격투술 교관을 하지 않겠냐는 제의가 있었으니 최소 교수 대우 학생쯤?

"정신 차려라!"

혼잣말을 중얼거릴 때 거실에서 유혜숙이 불렀다. 강찬은 방을 나가 유혜숙과 둘이 수박을 먹었다.

"방학 때 뭐할 거야?"

강찬은 바로 전에 봤던 체대 시험을 설명하고 준비를 해 볼까 한다고 대답했다.

"프랑스 유학은? 전액 장학금도 준다면서?"

"우리나라에서 이 년 정도 다니다가 가 보려고요. 어머니랑 좀 더 있고 싶기도 하구요."

"얼른 먹어, 아들. 난 아무래도 상관없으니까 아들이 좋은 대로 다 결정해."

수박을 든 유혜숙의 얼굴에 행복이 가득 피어났다.

"성희 이모가 소문내 놔서 요즘 그 전화 많이 받아. 엄마한테 프랑스 유학 알아봐 달라는 전화도 많았어."

대학을 안 가도 되겠냐고 묻고 싶었는데 굳이 행복을 깨고 싶지 않아서 관뒀다.

저녁을 먹고 석강호를 핑계로 밖으로 나왔다.

"다녀와, 아들."

유혜숙의 콧소리가 갈수록 좋아졌다. 강대경이 왜 그렇게 줏대 없어 보일 정도로 잘하려 애쓰는지 이해도 갔다.

저렇게 애교 떨고, 웃는 얼굴을 하다가 남편과 아들을 지켜야 할 일이 생기면 목숨을 걸고 달려든다. 죽음을 각오하고, 혹은 함께 죽을 각오로 병실을 지키는 여자. 그런 여자가 행복해하는 모습을 보는 것이 행복해서였다.

'미영이도 저럴까?'

강찬은 머리를 내저었다. 아무래도 느낌과 분위기가 너무 다르다.

빵빵.

아파트 입구로 나오자 이전과 다른 클랙슨 소리가 강찬을 불렀다.

"새 차가 좋긴 좋소."

둘이 기분 좋게 달려서 전에 갔던 곳의 야외 테이블에 앉았다.

"준비는 다 했어?"

"옷가지만 싸는 거요. 왜? 걱정되쇼?"

"쯧! 아무래도 몸 상태가 정상은 아니잖냐."

툴툴거릴 줄 알았던 석강호가 고개를 끄덕였다.

"이상하게 가기 싫긴 하우. 혹시 일 생기면 냅다 뛰지, 뭐. 내가 달리기는 좀 되잖소?"

강찬은 그냥 커피만 마셨다. 경호를 붙여 두었단 말은 끝까지 비밀로 할 셈이었다.

"수련회 끝나면 둘이 바닷가 한번 다녀옵시다."

"바다?"

"아니면 계곡도 좋구요. 운동부 애들 데려가도 좋고, 미영이랑 셋이 가도 좋고. 그냥 재미있을 사람들과 함께 가면 좋겠다 싶은데?"

"그러자."

실제로 갈지 안 갈지는 몰라도 굳이 안 갈 이유도 없다.

"샤흐란 그 새끼만 없으면 참 재밌는 방학이었을 건데."

석강호의 말이 딱 맞았다.

둘은 그렇게 차 마시며 아프리카 시절, 프랑스에서 술 먹고 싸운 거, 그리고 스미든이 얼마나 무식한 놈인지를 떠들며 시간을 보내다 돌아왔다.

공영 주차장에 차를 세운 석강호가 자동차 열쇠를 건네주었다.

"가지고 있다가 필요할 때 쓰쇼. 방학이라 아무래도 움직일 일이 생기면 귀찮을 테니까."

"야! 그냥 택시 타고 말지, 잘못하면 살인마 되겠더라."

"흐흐흐, 인내력 키우는 덴 운전만 한 게 없소."

석강호가 원래 타던 차를 가지고 강찬을 내려 주었다.

"잘 갔다 와."

"뭔 일 있으면 전화 주쇼."

강찬이 차 지붕을 두 번씩 두들기자 석강호가 아파트를 빠져나갔다.

'저 새끼 없으면 못 살겠는데?'

문득 든 생각에 풀썩 웃음도 나왔다.

⚜ ⚜ ⚜

화요일 아침에 석강호가 '지금 출발하우.' 하는 전화를 했고, 곧바로 차소연이 '선배님, 마음 바뀌면 꼭 오세요. 애들한텐 물어 보니까 다 오셨으면 좋겠대요.' 하는 문자도 왔다.

3박 4일. 어차피 이번 주가 지나야 미셸도 결과를 알려 준다고 했던 참이라 강찬은 모처럼 운동에 전념하기로 했다.

"운동 다녀올게요."

"아들! 이거 마시고 가."

강찬이 식탁에 다가갔을 때, 유혜숙은 비닐 팩의 시커먼 액체를 컵에 따르고 있었다.

"그게 뭐예요?"

"요즘 운동하느라 힘들잖아. 그래서 엄마가 샀어."

미소가 절로 피어났다. 약 때문이 아니라 유혜숙의 모습이 예뻐서였다.

"그거 아버지 드리세요. 정말 힘드신 분은 아버진데."

"아버지 것두 준비했지. 안 그러면 아빠 삐친다?"

"엄마는요?"

정작 본인 건 준비하지 않은 거다.

"얼른 먹어. 엄마는 괜찮아. 아들 밥 먹는 거만 봐두 배부르고, 약 먹는 것만 봐두 힘이 나."

"이건 좀 아니다."

"다음번엔 엄마 것두 살게."

유혜숙의 눈빛 때문에 마셨다.

"이런 건 어디서 사요?"

"아파트 앞에 한약방 있잖아. 거기서 사는 거야."

태어나서 처음 먹어 보는 보약도 보약이지만, 이런 관심과 사랑을 받는 것이 고맙고 행복했다.

강찬은 '잘 먹었습니다. 기운이 막 나는데요?'라고 말하고는 집을 나섰다.

그동안 관심이 없어서 몰랐는데 입구 안쪽 건물에 '한의원'이란 간판이 있었다.

한의원은 유혜숙의 이름을 대자 금방 알아들었다. 강찬은 전의 진료 기록을 바탕으로 약을 부탁하고 계산도 마쳤다.

체크카드를 만들어 놓길 잘했다.

"저희가 아파트에 가져다 드릴까요?"

어떻게 하지?

잠시 고민하다가 찾아가겠다고 하고 학교로 향했다. 어차피 저녁에 집에 들어와야 하고, 배달을 받은 다음 당황할 유혜숙을 생각해서 내린 결정이었다.

텅 빈 학교는 색다른 느낌이었다.

운동장에 있던 1학년들이 쭉 인사했는데, 이전처럼 겁먹은 얼굴이 아니어서 그냥 웃어 주었다.

잠시 몸을 푼 강찬은 운동부실에 들어가 기구 운동을 했다.

물, 운동. 물, 운동. 그리고 힘이 빠졌을 때 다음으로 근접 격투술을 연습했다.

손끝으로 적의 동작 중간을 짚는 것이 맥이다.

맨손 대 대검, 대검 대 맨손, 대검 대 대검.

누가 대검을 쥐었는지의 상황에 따라 동작이 미묘하게 다르다. 감각이 있다는 조폭들도 이 미묘한 차이를 제대로 알지 못했다.

"헉헉."

모처럼 기분 좋은 피곤함을 느끼며 의자에 앉아 있을 때였다.

웅웅웅.

문자가 울려서 급하게 전화를 들었다.

{어디야?}

김미영. 강찬은 바로 전화를 넣었다.

[응!]

"학교에 있어. 운동하느라고."

[나 학원 끝났는데. 거기 갔다가 같이 집에 가도 돼?]

"그래."

방학이라 김미영도 여유가 생긴 모양이다.

잠시 몸을 풀고 있자, 덜컹하는 소리와 함께 김미영이 운동실로 들어왔다.

"왔어?"

질문을 던진 후다. 김미영이 강찬의 품으로 달려들었다.

"어젯밤이랑 학원에 있는 동안 너무 보고 싶었어."

"땀 묻어."

팔에도 온통 땀이라 등을 다독여 주지도 못했다.

"괜찮아. 잠깐만 이러고 있을게."

뭔가 뒤바뀐 거 같기는 한데 나쁘진 않으니까.

운동을 하느라 얇은 티에 얇은 고무줄 바지다. 김미영의 가슴이 느껴지자 미쉘도 아닌데 몸이 뜨거워졌다.

"그만."

"응."

느닷없이 달려와 안기더니 이젠 부끄러운 모양이었다.

강찬은 집으로 가기로 했다. 걸어갈 거라면 굳이 당직실에서 씻을 이유도 없었다.

조잘조잘.

이런저런 이야기를 하며 김미영은 간간이 너무 보고 싶을 때가 있다는 말을 했다.

"나 학원 이틀 쉬는 날 있어. 가족끼리 하루 여행 갈 거니까 우리도 하루 놀러 가자."

"그래."

"정말이다!"

"그래. 그리고 시간 되면 전화해 보고 학교로 와. 같이 집에 오게."

"응!"

김미영을 들여보낸 강찬은 한약을 찾아 아파트를 올라갔다.

"아들 왔어? 그게 뭐야?"

강찬은 말없이 손잡이째 들어 약상자를 건네주었다.

"이건……!"

유혜숙이 약상자에서 시선을 들었다.

"공트자동차에서 통역해 준 거 고맙다고 돈을 받은 게 있었어요. 약을 먹으려면 셋이 같이 먹었으면 싶어서요."

유혜숙은 멍한 얼굴이었다.

"저 씻어요."

강찬이 옷을 챙겨 거실로 나왔을 때 유혜숙은 눈물을 훔치고 있었다.

끝장을 보자 • 23

"우세요?"

"엄마가 너무 행복해서 가슴이 터질 것 같아."

강찬이 다가가 유혜숙을 가볍게 안아 주었다.

"건강하셔야죠. 지난번에 편찮으실 때, 아버지랑 둘이 사는 맛이 하나도 안 났어요."

유혜숙이 눈물을 단 채로 웃고 말았다.

씻고, 저녁 같이 먹고. 7시 30분쯤 됐을 때 방으로 들어와 컴퓨터를 켰다.

모니터에 배경 화면이 뜨는 순간이었다.

두근두근.

평소와 다르게 심장이 뛰었다. 다시 태어난 이후로 한 번도 느껴 보지 못했던 감각. 전쟁터에서나 느꼈던 감각이었다.

두근두근.

무언가 위험이 도사린다는 의미.

강찬은 흘깃 방문을 보았다.

유혜숙은 거실에 있다.

두근두근.

그렇다면 이건 강대경, 석강호, 김미영 중 한 명이 위험하다는 경고가 아닐까?

셋 중 하나? 어디지? 누굴 지켜 줘야 하는 거지?

두근두근.

우선 경호업체 김태진과 통화해야 한다.

강찬이 책상에 놓인 전화기에 손을 뻗었을 때였다.

우우웅. 우우웅. 우우웅.

전화가 다급하게 울었다. 액정에 '석강호'란 이름이 올라와 있었다.

강찬은 곧바로 전화를 받았다. 이럴 땐 긴말이 필요 없다.

"나다. 상황 설명부터 해."

[알고 있었소? 지리산 중턱에 있는 숙소요. 나만 조용히 나오라고 전화를 했습디다. 아니면 마누라와 딸을 죽여 버리겠다고.]

예상치 못했던 전개다.

"연락은?"

[둘 다 전활 안 받소.]

석강호는 조금이나마 안심되는 모양이었다.

"집 주소하고 두 사람 전화번호 불러."

석강호가 집 주소와 아내와 딸의 전화번호, 그리고 마지막으로 협박받았던 전화번호를 차례대로 불러 주었다.

"내가 전화할 때까지 움직이지 마."

[알았소.]

전화를 끊었을 때는 심장박동이 어느 정도 가라앉은 뒤였다.

강찬은 곧바로 김태진에게 전화를 걸었다.

[여보세요?]

"강찬입니다."

[강찬? 아! 강찬 씨! 어쩐 일이요?]

"석강호 쪽에 애들이 깔렸다는데, 알고 계십니까?"

[예? 지금 뭐라고 했어요?]

"지리산에 애들이 깔린 것 같습니다. 석강호 혼자 숙소에서 나오라고 했다는데 가족이 인질로 잡혀서 따를 수밖에 없습니다. 내가 인질을 구해 낼 때까지만 석강호를 지켜 주면 됩니다."

잠깐의 침묵이 지난 다음이었다.

[확실합니까?]

김태진은 의외로 침착한 음성이었다.

[경찰에 신고합시다.]

"대표님, 중국 쪽 애들이고, 원한까지 있어서 인질이 다치기 쉽습니다."

[알았소. 인질은 어디 있나요?]

"집에 가 볼 참입니다."

[그럴 확률은 거의 없어요. 전화번호 압니까? 알면 불러 주세요. 오 분이면 위치를 알 수 있을 겁니다.]

강찬은 받아 적은 전화번호와 협박 번호까지, 3개를 알려 준 다음 먼저 옷을 갈아입었다. 그리고 전화기, 차 키, 면 티와 운동복 바지를 가방에 쑤셔 넣고는 방을 나섰다.

잠깐이나마 눈빛이 번들거리는 것을 가리기 위해 손바닥

안쪽으로 비비기까지 했다.

"어디 가려고?"

"오늘 이 학년 수련회 갔는데 석강호 선생님이 늦게 출발한다고 같이 가자네요."

"수련회를?"

"예! 제가 인기가 있거든요. 밖에서 기다린다니까 같이 다녀올게요."

어딘지 미심쩍어하는 눈치였으나 유혜숙은 조심하란 말 외에 다른 말을 하지 않았다.

강찬은 계단을 뛰어 내려가며 석강호에게 전화를 걸었다.

"나다. 사실은 너한테 경호업체 사람을 붙여 놨다. 혹시 전화하면 받아. 그리고 안식구와 딸이 있는 곳은 오 분 안에 알 수 있단다. 내가 가서 해결할 테니까……."

현관을 뛰어나온 그는 입구 쪽으로 달렸다.

"그때까지만 버텨."

[고맙소. 식구 구하면 전화 주쇼. 이가 갈려서 참기 어려우니까.]

"알았다."

강대경이나 유혜숙이 인질로 잡혔다면 옆에서 뭐라고 말려도 참기 어려울 거다. 그래서 석강호에게 참고 있으란 말을 하지 못했다.

강찬은 택시를 타고 공영 주차장으로 향했다. 그동안 다시 전화를 걸었다.

[하이! 차니.]

"스미든, 석강호가 위험하다. 문 걸어 잠그고 절대 움직이지 마."

[오우! 지금 백화점인데 빨리 가겠소.]

"그럼 곧바로 나가서 택시로 남산호텔로 가. 그리고 내가 전화할 때까지 방에서 꼼짝하지 마."

[오케이, 차니!]

불어를 쏟아 내자 기사가 뒤를 힐끔 봤을 때였다. 강찬의 전화가 울렸다.

[두 사람이 같이 있네요. 하남에 있는 화훼 농장이에요.]

"주소 좀 문자로 보내 주세요."

[강찬 씨, 내가 갑니다. 그러니까 기다려요.]

"근처에 가 있어야죠. 그러니까 주소부터 보내 주세요."

[알았소. 절대로 혼자 움직이지 말고 내가 갈 때까지 기다려요.]

전화를 끊고 차에 올라타 시동을 걸자 문자가 왔다.

강찬은 내비게이션에 주소를 입력하고 안내를 눌렀다. 소요 시간이 30분가량 걸린다고 나왔다.

끼이익!

타이어가 비명을 질러 댔다.

미친놈처럼 차를 몰았고, 자동차 전용 도로에 들어서자 속도를 낼 수 있었다.

속도계가 160을 가리키자 내비게이션 속의 여자가 단속 구간이라고 발악을 해 댔다.

10분쯤 더 달려 우측으로 빠져나와 다리를 건너, 또다시 우측 길로 5분쯤 달리자 목적지가 나왔다.

20동이 넘는 커다란 비닐하우스 단지. 그중 보온을 위해 두꺼운 천을 둘러싼 비닐하우스 근처에 승합차와 승용차가 서 있는 것이 보였다.

강찬은 화훼 단지를 아예 지나서 이쪽이 보이지 않는 곳의 갓길에 차를 세웠다.

차에서 내리자마자 트렁크를 열고 공구 상자에 있는 한 뼘 길이의 드라이버를 꺼내 청바지 뒷주머니에 꽂았다.

몸 상태는 별로 나쁘지 않았다.

강찬은 마지막으로 전화를 걸었다.

[여보세요?]

"오광택, 석강호 선생 가족이 하남에 인질로 있어서 왔다. 주소 문자로 보낼 테니까 뒤처리 좀 부탁하자."

잠시 멍했다가 화들짝 놀란 오광택의 음성이 들렸다.

[하남? 야! 나 거기 가는데 이십 분! 아니, 십 분이면 돼! 그러니까 어딘지 말하고 잠깐 기다려! 내가 간다. 내가 갈 테니까……]

"문자 봐라."

강찬은 전화를 끊은 다음 김태진이 보낸 문자를 그대로 오광택에게 보내 주었다.

됐다.

강찬은 전화기를 차에 던져 넣고 차 문을 잠갔다.

멀리서 지켜볼지 모른다.

자동차 열쇠를 갓길의 풀숲에 찔러 넣은 강찬은 천천히 비닐하우스의 반대쪽 끝으로 걸어갔다.

맞은편은 역한 냄새가 나는 개천이었다.

다행히 별도의 감시자는 없었다. 하기야 군사작전이 아닌 다음에야 이 정도까지 하기는 어렵다.

강찬은 자세를 낮추고 빠르게 목표했던 비닐하우스를 향해 움직였다.

거리가 제법 됐다.

다음 칸이 차가 세워진 비닐하우스다.

비닐이라 윤곽이 보일 수도 있다. 강찬은 거의 엎드리다시피 자세를 낮췄다.

조심스럽게 살피는데, 후줄근한 양복 차림의 사내 둘이 서 있었다. 입구의 반대쪽까지 경계를 세울 정도라면 제법 많은 인원이 있다는 의미다.

두 놈이다.

뒷주머니에 꽂아 두었던 드라이버를 꺼내 뾰족한 끝이 아래로 오게 잡았다.

개새끼들. 가족을 인질로 잡아?

거리는 7에서 8미터. 바닥은 흙. 다행히 도로변이라 자동차 달리는 소리가 제법 컸다.

한 새끼는 주머니에 손을 넣었다.

강찬은 마지막으로 주위를 한 번 더 살폈다.

두 놈이 마주 서서 이야기를 나누는데 한 놈은 등이 보였다.

커다란 웃음 끝에 말소리가 들렸다.

중국어.

등을 보인 놈이 뭐라고 지껄이자 상대방 놈이 상체를 뒤로 젖히며 웃었다.

파바박.

강찬은 단거리 선수처럼 달려 나갔다.

정면에서 강찬을 본 놈의 표정이 딱 굳는 순간이었다.

푸욱.

드라이버를 놈의 목젖에 정확하게 박았다.

성대가 찍히면 당장은 큰 소리를 내지 못한다.

"꺼으, 꺼어어."

짜그락!

등을 보인 놈이 고개를 돌리는 쪽으로 강찬이 세차게 목을 돌려 버렸다. 그러고는 숨 쉴 틈도 없이 달려들어 드라이버가 박힌 놈의 대가리도 돌려 버렸다.

으드득.

강찬은 놈을 얼른 받쳤다. 그러고는 소리가 나지 않게 바닥에 눕혔다.

첫 번째 놈은 무너지듯 주저앉아서 소리가 별로 크지 않았지만, 이 새끼는 옆으로 쓰러졌다.

강찬은 놈들이 허리춤에 찬 칼 2자루를 모두 꺼냈다. 그러고는 자세를 낮추고 입구를 향해 다가갔다.

봉고차에 네 놈쯤의 대가리가 보였다.

정작 비닐하우스는 시커먼 천을 덮어 놓아서 안을 살필 수 없었다.

입구로 들어가자니 봉고차에 있는 놈들이 걸렸다. 숫자가 겁나는 것이 아니라 인질들이 다칠까 봐서다.

강찬은 다시 두 놈이 쓰러진 쪽으로 움직였다. 그러고는 입구의 비닐하우스에 붙어 섰다.

칼을 꺼내 천을 고정시킨 끈을 잘라 낸 다음, 철 지지대의 안쪽을 조심스럽게 잘라 냈다.

'후우.'

석강호의 부인인 듯한 중년 여자가 딸을 안고 비닐하우스에 기대앉아 있었다.

하나, 둘, 셋, 넷, 다섯, 여섯. 모두 여섯 놈.

세 새끼는 의자를 붙여 길게 늘어져 있었고, 두 새끼는 의자에 앉아 전화기를 들여다보고.

남은 한 새끼가 문제다. 칼을 꺼내 들고 끝으로 볼을 긁고 있었다.

얼마나 빨리 들어가느냐에 승부가 달렸다.

오래 고민할 수도 없다. 석강호가 무슨 짓을 당할지 모른다.

강찬은 쇠로 만든 지지대를 타고 칼을 그었다.

날을 워낙 세워 놓아서 비닐이 갈라지는데 소리조차 나지 않았다.

앞쪽부터 목표물까지 바닥도 살폈다.

믿기지 않겠지만, 전투 중에 달려가다 엎어지는 놈이 있다. 긴장한 데다 바닥을 살피지 않아서 푹 꺼지는 곳을 밟거나 혹은 평소라면 절대 걸리지 않는 돌부리에 걸리는 놈도 있다.

강찬이 마지막으로 다른 놈이 더 없는지를 살필 때였다.

끼이익.

입구의 문이 열리며 두 놈이 안으로 들어왔다. 교대 시간쯤 되는 모양이다.

칼을 꺼내 들었던 놈이 입구로 움직이는 순간이었다.

쫘아악.

강찬은 비닐을 밀고 곧장 앞으로 달렸다.

"나시쉬엔마!"

홰액!

강찬은 있는 힘껏 칼을 던졌다.

칼을 들고 있는 놈!

목이나 이마를 노리고 싶었지만, 손에 익지 않아서 몸통을 노렸다.

퍼억!

"끄으윽!"

심장 아래 칼이 박힌 놈이 비명을 지르며 쓰러졌다.

"꺄아아악!"

석강호의 부인과 딸이 부둥켜안았을 때, 강찬은 그 앞에 있었다.

"쉐이?"

일곱 놈이 모조리 칼을 뽑아 들고 강찬을 둘러쌌다.

그리고 그때 문이 벌컥 열리며 다시 두 놈이 들어와 놀란 얼굴로 지껄여 댔다. 죽은 두 놈에 대한 이야기처럼 보였다.

"강찬이 아이니?"

콧수염을 단 놈이 묘한 억양으로 말을 던진 다음이었다.

"석강호 선생님이 보내서 왔어요."

강찬은 뒤쪽으로 고개를 살짝 틀고 빠르게 말을 전했다.

"조금만 참으세요."

콧수염이 중국말을 쏟아 내자 일곱 놈이 강찬을 널따랗게 둘러쌌다.

'위험한데?'

한자리에 서서 세 곳을 모두 막아야 하는 싸움.

다행히 인질이 비닐하우스에 등을 대고 있지만, 강찬이 막아 주지 않으면 바로 칼을 맞는다.

강찬 좌우의 두 놈은 비닐하우스의 벽을 타고 아예 인질을 노리고 있었다.

 정면에 마주 선 세 놈은 무술을 익힌 듯 자세가 달랐다.

 휙!

 눈앞으로 단검이 빠르게 지나가서 상체를 뒤로 젖히는 순간이었다. 그 틈을 노리고 왼쪽에 있는 놈이 인질들에게 칼을 휘둘렀다.

 척. 푹. 푹.

 "끄으으."

 강찬은 놈의 손목을 잡아채 칼을 꽂았다.

 피윳!

 그러나 강찬도 오른쪽 어깨를 베였다.

 "꺄악!"

 삽시간에 벌어진 일이다.

 어지간하면 세 번 이상 찔렀을 텐데 앞에 있는 세 놈의 솜씨가 그 정도 틈을 주지 않았다.

 팔뚝을 찍힌 놈이 뒤로 물러나는 틈에서 두 번이나 검이 오고 갔다. 칼등에 톱날같이 홈이 파여서 박히면 쉽게 빠지지도 않는다.

 휙! 휙!

 "꺄악."

 좌우에 있는 놈들이 의도적으로 인질을 노렸다. 그 와중에 앞에 선 놈들이 강찬을 노리는 거다.

휘익!

오른쪽 놈이 인질을 향해 칼을 휘둘렀다.

푹. 피윳!

놈의 팔뚝을 찌르고 겨드랑이를 긋는 사이,

피윳! 피윳!

강찬도 왼쪽 어깨와 팔뚝을 베였다.

'쯧!'

의도적으로 인질을 먼저 노린 다음, 강찬을 공격하고 있었다.

함부로 달려들 수도 없어서 이대로 견뎌야 했다.

강찬이 하얗게 변한 눈으로 앞에 있는 놈을 노려볼 때였다.

삐그덕.

비닐하우스 문이 열리고, 양복바지에 셔츠를 입은 김태진이 들어섰다.

안을 쭉 훑어보는 그는 크게 놀라는 얼굴이 아니었다.

처음 팔뚝을 찔렸던 놈이 김태진에게 달려들었다.

척. 퍼억. 퍽. 퍽.

김태진은 놈의 손목을 쳐낸 후 연달아 명치와 목, 그리고 턱을 때렸다.

그는 곧바로 바닥에 떨어진 칼을 주워 들고 강찬의 곁으로 다가왔다.

"기다리라니까."

"뒤에 두 사람, 지켜 주실 수 있죠?"

"그 정도는 될 거요."

김태진의 실력은 이미 봤다.

이제부턴 좀 다를 거다!

강찬은 대답이 떨어지는 것과 동시에 앞으로 한 걸음을 나갔다.

무술? 인질이 없다면 그거 그렇게 센 거 아니다.

강찬은 칼을 거꾸로 든 상태다. 단박에 왼쪽 놈에게 달려들 듯 몸을 틀다가 오른쪽 놈의 목을 향해 칼을 뻗었다.

휙!

기다렸던 대로 가운데 놈이 칼을 찔러 왔다.

턱!

이런 칼은 못 잡는다.

카각!

강찬은 놈의 갈등의 홈을 칼로 씩었다.

퍽!

왼손으로 팔목을 잡는 순간, 놈은 왼손으로 오른쪽 눈을 때렸다.

푸욱.

강찬은 잡고 있던 놈의 팔뚝을 칼로 찍어서 뒤로 물러났다.

"아악!"

퍽!

비명을 지르는 와중에도 놈은 강찬의 목덜미를 때렸다.

푹. 푹. 푹.

그사이 강찬은 놈의 가슴 두 곳과 목덜미를 칼로 찍어 버렸다.

"끄으으."

털썩.

이놈은 살기 힘들다.

강찬이 남은 두 놈을 노려보는 사이.

피윳. 피윳!

김태진이 달려드는 놈과 칼을 한 번씩 주고받았다.

인질 두 사람은 질려서 비명조차 지르지 못하고 부둥켜안은 채 고개를 처박고 있었다.

"뭐하니! 빨리 인질을 죽이라!"

콧수염이 거칠게 악을 쓰는 순간이었다.

쉑!

강찬은 왼쪽에 있던 놈을 향해 칼을 던졌다.

푸욱!

"끄어억!"

털썩!

강찬이 손을 뻗자 김태진이 칼을 건네주고 쓰러진 놈의 칼을 얼른 집어 들었다.

"또 해 봐. 이 개새끼야!"

강찬이 휙 하고 칼을 디밀자 앞에 있는 놈이 움찔할 때였다.

쉑!

강찬은 우측에 있는 놈을 향해 냅다 칼을 던졌다.

퍼억.

빌어먹을!

가슴에 박힌 칼을 움켜쥔 놈이 주춤주춤 물러났다.

개새끼! 칼을 뺏어야 하는데!

김태진이 칼을 건네주고는 놈에게 달려들었다.

휘익!

앞에 있는 놈이 칼을 휘둘렀다가 얼른 물러났다.

시간이 너무 걸린다. 그만큼 석강호가 위험하다는 뜻이다.

끼이익.

그때, 두 번째로 문이 열렸다.

"뭐야!"

오광택이다.

그리고 그의 뒤에서 스물이 넘는 놈들이 들어섰다.

쇠파이프, 회칼, 야구방망이. 중국 놈들이 당황했을 때였다.

와락.

강찬이 단박에 앞으로 나갔다.

피웅! 피웃! 피웅!

팔을 뒤집듯 연속해서 칼을 휘둘러 두 놈의 목을 그어 버렸다.

푹. 푹. 푹. 푹.

그러고는 어깨와 목덜미를 사정없이 찍었다.

"끄억."

털썩.

한 놈은 쓰러졌지만 다른 놈은 아직 강찬의 칼에 어깨와 목덜미 사이를 찍힌 채로 몸이 꼬여 있었다.

가족을 건드려?

마지막까지 인질을 죽이라고 했던 놈이다.

오광택이 강찬에게 다가왔다.

"그 정도면 됐다."

피윽! 털썩.

놈이 쓰러졌는데도 화가 풀리지 않았다.

"됐다니까. 어깨는 괜찮냐?"

"후우, 와 줘서 고맙다."

강찬은 어깨의 상처를 한 번 보고는 김태진을 향해 고개를 돌렸다.

"석강호 선생님 쪽에 연락 좀 해 주세요."

베인 자리를 움켜쥔 김태진이 바지에서 전화를 꺼내는 사이, 강찬은 눈물범벅인 석강호의 부인에게 다가갔다.

"우선 호텔에 가 계세요. 선생님 연락되는 대로 전화 드릴게요."

못 알아들은 것 같은데 연신 고개를 끄덕인다. 그나마 중학생쯤 돼 보이는 딸이 강찬을 더 또렷이 보았다.
"전화를 안 받네요."
강찬이 자세를 일으켜 세웠을 때, 김태진이 전화를 들여다보고는 고개를 저었다.
"내가 가 볼 테니까 가족 분들 좀 챙겨 주세요."
"내 차로 갑시다. 사이렌을 달아서 아무래도 좀 더 빨리 갈 수 있을 거요."
그것도 나쁘지 않다.
강찬은 급히 오광택을 찾았다.
"저기 두 분, 전화할 때까지 남산호텔에 모셔 주라. 뒤처리 부탁하고."
"나도 가자."
"넌 여기 있어 봐. 이 새끼들 아무래도 서울에 더 있지 싶다."
오광택이 이를 깨물고 조금 전 쓰러진 세 놈을 무섭게 노려보았다.
"가!"
"고맙다."
강찬이 움직이자 김태진이 그 뒤를 따랐다.
강찬은 우선 차에 가서 전화기와 가방을 챙겼다.
김태진의 차는 바로 앞에 서 있었다. 검은색 대형 승용차.
출발이다.
김태진은 주머니에서 권총을 꺼내 뒷자리로 던졌다.

"총이 있었어요?"

"가스총이라 저런 싸움엔 소용없어요."

그가 시동을 걸고 스위치를 누르자 요란한 사이렌이 울리고, 뒷 유리 칸에 올라 있는 경광등이 빠르게 돌기 시작했다.

강찬은 그사이 세 번이나 전화를 했는데, 벨만 울리고 석강호는 받지 않았다.

"지리산 어딘지는 압니까?"

"가는 동안 알아낼 수 있을 거예요."

차는 빠르게 달려 나갔다.

강찬은 가방에서 얇은 면 티를 꺼내 찢은 다음, 상처를 묶었다.

김태진은 슬쩍슬쩍 지켜보다가 강찬이 찢어서 건네준 면 티 조각을 받아 두말 않고 자신의 팔뚝을 싸맸다.

"후우!"

피가 배어 나오긴 했지만 그래도 꽉 묶어 놓자 한결 편했다.

차는 이미 고속도로에 진입해 있었다.

"한 시간 정도 가면 길이 한가해질 거요. 트렁크에 약상자가 있으니 적당한 곳에서 붕대로 다시 묶읍시다."

강찬이 고개를 돌려 김태진을 보았다.

"하도 사용해 본 적이 오래돼서 깜박했었소."

하기야 경호업체 대표가 칼질할 일이 뭐 있겠나.

고속도로에 진입한 김태진은 브레이크가 없는 차를 운전하듯 달렸다.

"매듭법은 어디서 배운 거요?"

강찬이 무슨 소리냐는 시선을 주었을 때, 김태진이 턱으로 강찬의 어깨와 팔뚝을 가리켰다.

"오광택이하고 친구처럼 지내는 거며, 특수부대의 근접 격투술에, 한 치의 망설임 없이 사람의 몸에 칼을 박는 것도 그렇고."

김태진이 고개를 절레절레 저었다.

"당장에라도 우리 회사 교관으로 모셔 가고 싶소. 솔직히 나이만 아니라면 한판 붙어 보고 싶기도 하고."

강찬은 그저 하는 말이려니 하는 마음으로 전화번호를 뒤졌다.

"몇 명이나 죽여 봤소?"

의도가 뭐지?

강찬이 전화기에서 시선을 들었을 때, 김태진은 앞을 보고 있었다.

벌써 9시 30분이다. 석강호가 어떤 꼴로 있을지 신경이 곤두서서 다른 건 눈에 들어오지 않았다.

전화를 걸고 벨이 세 번쯤 울리자 차소연이 받았다.

[선배님!]

"응. 소연아, 너희 숙소가 어디니?"

[왜요? 선배님 오세요?]

"그런 건 아니고. 그냥 석강호 선생님한테 장난 좀 치려고."

[아쉽다.]

차소연의 주변에서 '선배님, 오세요!' 하는 여자아이들의 합창이 들렸다.

[저희요! 지리산 자연 휴양림 유스텔에 있어요.]

"그래?"

[석강호 선생님은 아까 손님이 찾아와서 같이 나갔어요. 양복 입은 세 분하고 나가시던데요.]

강찬은 이를 꽉 깨물었다.

"알았다. 다른 문제는 없는 거지?"

[애들이 자꾸 술 먹어 보재요.]

"그래. 재미있게 지내."

[네, 선배님. 들어가세요.]

강찬은 전화를 끊고 차소연이 불러 준 숙소를 알려 주었다.

"거긴 내가 알지요."

자동차의 속도계가 거의 200 이하로 내려오지 않았다.

"우리 애들이 연락을 못할 정도면 아무래도 쉽게 끝나지 않겠는데?"

김태진은 혼잣말처럼 상황이 어려움을 살폈다.

"경찰은 어떻게 하는 게 좋겠소? 내 말을 어느 정도는 들어 줄 거요."

"내가 연락할 때까지 모른 척해 주는 게 제일 좋습니다."

김태진이 고개를 끄덕이며 '알았소.' 하고 짧게 대답했다.

미친 듯이 달리던 차가 간이 휴게소에 멈춰 섰다.

"트렁크에 가 봅시다."

강찬이 차에서 내리자 트렁크를 연 김태진이 커다란 상자를 밖으로 꺼냈다.

딸각.

상자를 열자 우선 붕대와 몇 가지 약들이 보였다.

김태진은 다시 약품 칸을 들어 올린 다음, 강찬에게 안을 보란 듯이 시선으로 가리켰다.

"내가 비무장지대에서 설칠 때 쓰던 대검이요. 그것 말고도 좀 있으니까 마음에 드는 게 있으면 꺼내 둬요."

"고맙습니다."

강찬은 대검과 가는 철사, 마지막으로 위장 크림을 챙겼다.

김태진은 약이 담긴 칸을 올려놓고 붕대를 꺼내 강찬의 상처를 능숙하게 묶어 주었다.

굳었던 상처가 벌어져 피가 났지만, 면 티 조각으로 묶은 것과 비교할 바는 아니었다.

가방에서 다른 티를 꺼내 갈아입자 밖에서 보기에 부상으로 보이지 않았다.

박스를 다시 넣고 출발했다.

"담배 하나 피워도 됩니까?"

"창문만 여시고."

강찬이 가방에서 담배와 라이터를 꺼내 입에 물었다.

쩔컹. 치익.

속도가 워낙 빨라서 차 안에 태풍이 부는 느낌이었다.

"다음 휴게소에서 김밥 몇 줄 삽시다."

"그러시죠."

강찬이 담배를 껐을 때 전화가 울렸다.

[석강호 선생님 부인하고 딸은 남산호텔에 모셔 놨어. 애들을 바로 옆방하고 맞은편 방에 대기시켰으니까 걱정하지 마라.]

"매번 고맙다."

[죽은 놈 넷은 우리 방식으로 처리했고, 남은 새끼들 조져서 그쪽 오야붕하고 합의 볼 테니까 그것도 걱정하지 마.]

"오광택."

[왜?]

고맙다고 하려고 했는데 앞에 이미 했고, 지난번 일이 미안하다고 하자니 입이 떨어지지 않았다.

전화기 너머에서 픽 하고 웃는 소리가 들렸다.

[김태진 사장하고도 아는 사이냐?]

"이번 일로 알게 된 거야."

[하여간 너란 놈을 알려고 한 내가 미친 거지.]

이번엔 강찬이 피식 웃었다.

[오 분쯤 뒤에 출발할 거다. 어디로 가면 돼?]

"부담스러운데?"

[끊어.]

전화가 바로 끊겼다.

김태진은 강찬의 통화에 관심이 없는 사람처럼 운전에만 집중했다.

30분쯤 더 달린 후에 휴게소가 나왔다.

차를 세운 김태진은 직접 달려가 아이스커피 2잔과 김밥 4줄을 사 왔다.

"한 시간이면 도착할 테니 지금 먹어 두는 게 제일 좋을 거요. 커피는 일부러 좀 진하게 타 왔소."

작전을 나가는 후임을 챙기는 듯한 투였다. 어쩐지 군대의 선임을 만난 것 같아서 기분이 나쁘지는 않았다.

둘은 커피와 김밥을 트렁크에 올려놓고 서서 먹었다.

"경호를 나가는 직원들 신발에는 발신기가 달려 있어요. 추적기가 있으니까 가져가면 도움이 될 겁니다."

강찬은 말없이 아이스커피를 들이켰다.

2분 만에 식사가 끝나고, 포장지와 빈 컵을 버리고 출발했다.

김태진이 말한 대로 조수석 수납함을 열자 손바닥만 한 추적기가 나왔다.

"아직은 거리가 멀어서 신호가 안 잡힐 거요. 산속이라 대략

2킬로미터 안쪽? 그 정도라면 충분하지 않을까?"

"그 정도면 됩니다."

김태진이 운전하는 동안 강찬은 담배를 하나 더 피웠고, 무심히 창밖을 보았다.

'살아만 있어라.'

생각만으로 이가 꽉 물렸다.

'사람 살인마 만들지 말고.'

마누라와 딸이 무사하다는 것만이라도 알려 줄 수 있으면 싶기도 했다.

석강호를 협박했던 번호는 안다. 그런데 혹시 잘못해서 공연히 놈들에게 경계심만 심어 줄까 봐 따로 전화하기 어려웠다.

지리산 자연 휴양림.

길이 구불거리기 시작하고 얼마 지나지 않아 표지판이 나왔는데, 김태진은 코너를 돌면서도 속도를 그다지 줄이지 않았다.

그렇게 15분쯤 더 달리자 커다란 건물이 나왔다.

간판에 '유스텔'이라고 적혀 있었다.

김태진이 앞쪽에 차를 세웠으나 추적기에 잡히는 신호는 없었다.

"이 정도라면 안쪽에 있는 펜션이나 별장이라는 건데."

김태진이 고개를 갸웃할 때였다. 빨간불이 번득였다가 사라졌다.

강찬은 신호가 잡힌 쪽을 손가락으로 짚고 주변을 둘러보았다. 정면에서 보았을 때 유스텔의 오른쪽 산이다.

"대충 저 산인 모양이네요."

김태진이 차를 움직여 건물의 뒤쪽 주차장으로 들어갔다.

"석강호 선생을 납치하고도 강찬 씨에게 연락이 없다는 건 결과가 좋지 않다는 의미일 수 있소."

그런 말에 대꾸할 틈이 없었다.

강찬은 왼손에 가는 철사를 감은 다음, 위장 크림을 꺼내 얼굴에 발랐다.

조수석 햇빛 가리개의 거울 속에서 강찬의 눈이 하얗게 빛나고 있었다.

"갑니다."

"같이 갑시다."

아무래도 안 되겠는지 김태진이 한숨을 내쉬며 차에서 내리려 했다.

강찬은 김태진의 팔뚝을 잡았다.

"죄송하지만 여기 계십시오. 경찰을 좀 막아 주시고, 석강호나 직원들을 데리고 갈 병원이 있나 알아봐 주세요. 소문이 나면 서로 힘들어집니다."

김태진이 이를 꽉 물고 강찬을 똑바로 보았다.

"살아올 자신 있소?"

"석강호는 살아올 겁니다."

김태진이 묘한 미소를 지었다.

"염치없지만, 우리 새끼들도 부탁하오. 계약금은 두 배로 돌려드리겠소."

이런 사람을 만나서 다행이란 생각이었다.

강찬은 차에서 내려 신호가 잡혔던 곳을 노려보았다. 주차장 뒤쪽으로 돌을 쌓은 담이 있었다.

"후."

숨을 커다랗게 내쉰 강찬은 곧바로 돌을 차고 위로 올라갔다.

산은 가팔랐다. 여름이라 나무줄기에 힘이 있는 게 커다란 도움이 되었다.

10분쯤 위로 올라가자 경사가 완만해졌는데, 함부로 움직이기 힘들었다. 유스텔의 불빛에 생기는 그림자 때문이었다.

강찬은 다시 한 번 숨을 골랐다.

적이 나오는 건 두렵지 않다. 무서운 건 죽어 나자빠진 석강호의 시체를 발견하는 일이다.

조심스럽게 수풀을 헤쳐 나가던 강찬은 굳은 듯 움직이지 못했다.

커다란 나무에 팔이 뒤로 묶인 석강호가 거꾸로 매달려 있었다.

죽었나?

석강호가 꼼짝도 않고 있는 것을 보자 가슴이 철렁 내려앉았다.

얼마나 오래됐는지는 모르지만, 서울에서 내려오는 내내 저렇게 매달려 있었던 거라면 살아 있어도 위급한 상황이었다.

나무등치에 경호원인 듯한 사내 셋이 묶여 있었다.

유인이다. 부비트랩이든, 아니면 이 앞에 나타나길 바라든.

사람이 거꾸로 매달려 얼마나 견디냐고?

다 다르다.

하지만 4시간이 경계라고 보는 게 맞다.

가장 먼저 눈의 실핏줄이 터지고 피눈물이 나온 다음에 귀와 코에서 피가 터지면 대강 끝났다고 보면 된다.

강찬은 칼날이 아래로 가게 단검을 잡고 몸을 일으켜 세웠다.

저벅저벅.

발소리를 죽일 필요도 없었다. 묶여 있던 경호원들이 강찬을 보고 세차게 고개를 저어 댔다.

머리에 피가 엉겼고, 입에 재갈을 물려 놓았다.

"석강호."

강찬은 우선 석강호를 불렀다.

"왔소?"

목소리를 제대로 내지 못했다. 피가 쏠려서 성대가 움직이지 않는다는 뜻이다. 아마 생각이나 판단도 정상적이지 못할 거다.

"가족은 무사하다."

"푸흐흐……."

강찬이 올라왔던 길을 제외한 삼면에서 사내놈들이 시커멓게 몰려나왔다.

"대장, 가쇼. 그리고 나중에 이 개새끼들 전부 죽여주쇼."

작정하고 기다렸던 모양인지 일본도를 든 놈만 열이 넘었다.

"다예."

"예."

"너 내가 누군지 잊었냐?"

석강호의 대답은 없었다.

"거, 애처로워서 못 보겠구먼."

대신 일본도를 든 놈이 불쑥 나섰다.

"강찬, 우리가 끝난 줄 알았지? 여기가 너랑 저 새끼 무덤이야. 그다음에 오광택이. 알았어? 이 개새끼야?"

강찬은 주변을 날카롭게 노려보았다.

오십이 넘는 놈 중에 아는 얼굴도 있었다. 언젠가 학교 앞에서 모가지를 비틀어 주겠다고 했던 놈이다.

피식.

강찬은 고개를 좌우로 꺾었다.

가능한 한 빨리, 그리고 다 죽인다.

그래야 석강호를 구한다.

"크흐흐, 가족을 미끼로 선생만 잡아 놓으면 반드시 혼자 올 거라고 하더니 정말 그럴 줄 몰랐다. 하여간 그 돼먹지 않은 배포 하나만은 인정해 주마."

샤흐란!

저 새끼들 뒤에 샤흐란이 있는 게 분명했다.

저벅저벅.

강찬은 천천히 앞으로 걸어 나갔다.

놈들이 각기 무기를 드는 것이 보였다.

파바박.

그 순간, 강찬이 빠르게 달렸다.

쉑.

앞에 있던 놈이 일본도를 똑바로 내리쳤다.

'병신!'

피윳!

강찬은 살짝 피하며 놈의 목줄을 대검으로 그어 버렸다.

땡강.

"꺼어억!"

목을 감싼 놈의 손가락을 뚫고 피가 분수처럼 뿜어졌다.

쉐엑.

긴 칼은 이놈처럼 사선으로 휘둘러야 피할 곳이 부족하다.

강찬은 뒤로 펄쩍 뛰었다가 곧바로 달려들었다.

쩌억.

올라오려는 손목을 잡고 이마로 미간을 받았다.

피웃!

그러고는 놈의 목줄도 끊었다.

파아악!

강찬은 피를 뿜어내는 놈을 파고들며 앞으로 밀고 나갔다.

피웃! 피웃! 피웃!

세 번이나 칼을 맞은 놈의 눈이 하얗게 뒤집어지는 순간이었다.

푹!

방패로 썼던 놈의 머리를 젖히며 바로 뒤에 있던 놈의 목덜미에 칼을 꽂았다.

"끄르륵!"

강찬은 칼을 꽂은 채로 놈을 끌어당겼다.

피웃! 피웃!

두 번이나 날아든 칼을 당긴 놈으로 막은 직후였다.

푸욱!

몸을 돌리며 옆의 놈의 가슴에 단도를 깊게 박고 그대로 밀고 나갔다.

"아악! 아아아악! 아아아악!"

폐를 찔린 놈이 발악처럼 비명을 질러 댔다.

획.

강찬이 칼을 비틀자 놈의 몸에서 힘이 쭉 빠졌다.

피윳!

오른쪽 등이 뻐근했다.

파바박.

강찬은 칼에 박힌 놈을 잡아채 몸을 가렸다.

피윳! 푹! 푹!

삽시간에 4개의 칼이 놈을 찌른 순간이다.

휙!

회칼이 앞으로 날아들었다.

강찬은 왼손으로 회칼의 안쪽을 붙잡았다.

처럭.

철사를 감아 놔서 칼날의 안쪽 모서리가 손에 딱 걸렸다.

푸웃!

"끄윽!"

강찬은 놈의 팔뚝에 칼을 박고 쭉 잡아당겼다.

인간은 학습의 동물이다. 몇 번 동료를 방패막이로 쓰자 놈들도 함부로 칼을 휘두르지 않았다.

푹!

강찬은 팔뚝에서 칼을 뽑자마자 다시 놈의 쇄골 안쪽에 칼을 박았다.

"끄아악!"

"개새끼야, 좀 조용히 해."

놈의 귀에 대고 으르렁거리자 주변에 있던 놈들이 움찔거렸다.

놈은 강찬의 품에 안겨 있는 것처럼 보였다.

강찬은 칼을 박은 오른손에 왼손을 가져가 재빠르게 철사를 풀어냈다. 그런 다음, 그 끝을 안고 있는 놈의 목에 감았다.

묶여 있던 경호원 놈들이 넋이 나간 얼굴로 강찬을 보는 앞이다.

"가자!"

강찬은 칼을 뽑자마자 놈을 앞으로 확 밀어냈다.

맞은편의 두 놈이 놈을 받으려 했고, 다른 세 놈이 강찬에게 달려드는 순간이었다.

확!

강찬은 세차게 철사를 잡아당겼다.

"껙!"

철푸덕.

달려들던 놈들이 철사와 묶인 놈에게 걸려 한데 뒤엉켰다.

푹! 푹! 푹

삽시간에 네 번이나 칼을 쑤셨다.

카가각.

그리고 철사를 단도로 끊어 냈다.

푹. 피읏!

그 순간, 왼쪽 허리와 오른쪽 등에 불로 지지는 듯한 통증이 밀려왔다.

피윳! 피윳! 피윳!

강찬은 왼쪽 허리를 찌른 팔을 세 번 그으며 넘어진 놈들을 밟고 앞으로 달려 나갔다.

뒤를 당했다고 돌아서면 또 뒤를 당한다.

척! 피윳! 퍽! 퍽!

달려드는 놈의 팔을 잡고 목을 갈랐고, 옆의 놈을 세 번 찔렀다.

피윳!

그사이 또 오른쪽 어깨를 베였다.

퍽!

강찬은 앞의 놈의 옆구리를 찔러서 옆으로 던졌다.

퍽! 피윳!

하마터면 2개의 일본도를 그대로 맞을 뻔했다.

피윳! 피윳!

그 와중에 달려든 놈 둘의 팔뚝을 가르고 나무에 등을 기댔다.

"후우."

이 정도면 용병 때의 몸 상태다.

그런데 찔린 옆구리로 몸의 기운이 서서히 빠져나가는 느낌이었다.

검은색 양복을 입어서 몰랐는데, 나무에 묶인 경호원들의 상체도 온통 피범벅이었다.

팍!

강찬은 가장 가까이 있는 경호원을 묶은 줄을 잘라 주었다.

주춤주춤.

놈들이 조심스럽게 경계를 하며 강찬의 주변으로 다가왔다. 아직 사십은 고스란히 남은 것처럼 보였다.

"내가 저쪽으로 몰고 가면 석강호를 풀어 줘."

속삭이듯 말을 마친 강찬이 고개를 좌우로 비틀었다.

이 새끼들은 석강호나 경호원에겐 관심이 없다. 그렇다고 멀리 떨어지면 이들을 죽일 수도 있어서 10미터 안쪽을 벗어나면 안 된다.

"와 봐! 이 벌레 같은 새끼들아!"

강찬이 이죽거리며 주변을 둘러보았다.

감정을 긁어 놔야 자신에게 집중한다.

"쓰레기 같은 새끼들, 그 숫자로 나 하나 해결 못해? 무서워? 겁나? 어? 이 개새끼들아?"

"이 씨발 놈이!"

쉑!

사선으로 떨어지는 일본도를 상체만 빼서 피했다. 겁을 먹어서 달려들지 않은 거다.

와락!

강찬은 놈에게 몸을 날렸다. 그러고는 허리를 끌어안으며 옆구리에 칼을 쑤셔 넣었다.

"아아악!"

홱!

힘을 쓰면 힘들다. 강찬이 칼을 비틀자 놈의 몸에서 힘이 쭉 빠졌다.

세 걸음쯤 달리고 놈을 버렸는데, 그사이 등 쪽에 두 번이나 칼을 맞았다.

몸을 세웠을 때 놈들은 강찬의 앞에 쭉 늘어서 있었다.

"ㅎㅎㅎ."

강찬이 야릇하게 웃으며 다가서는 놈들을 향해 미소 지었다.

독이 잔뜩 올라 무기를 쳐든 놈들 뒤에서 경호원 셋이 몸을 일으키고 있었다.

이제 다예루를 내릴 때까지 시선을 빼앗기지만 않으면…….

저벅저벅.

그때, 강찬의 뒤에서 발소리가 들렸다. 여유가 없는 강찬이 빠르게 시선을 던졌다.

"경찰은 조치했소."

김태진이 강찬의 옆으로 다가왔다.

한 사람이 더 있었다.

"아이구, 전쟁터가 따로 없구만."

끝장을 보자 • 59

서상현이 기가 막힌다는 투로 말을 뱉었다.
마주 선 놈들이 당황한 듯 함부로 달려들지 못했다.
"곤란하시다면서요?"
"피가 끓어서 견딜 수가 있어야지요."
강찬이 피식 웃고는 앞을 노려보았다.
이 정도면 석강호는 살린다.

제2장

고기를 잡으러

"나와 서 이사가 있으니까 달려드는 놈들만 상대합시다."
김태진이 강찬의 상처를 힐끔 보며 건넨 말이었다.
그렇지 않아도 손에 힘이 들어가지 않던 참이다.
강찬이 번들거리는 눈으로 앞을 노려볼 때였다.
"빨리 풀어!"
경호원의 한마디에 멀리 있는 놈 하나가 그쪽으로 고개를 돌렸다. 손에 일본도를 들고 있었다.
시선을 가져와야 했다.
와락!
강찬이 뛰어들자 단박에 서너 개의 칼이 달려들었다.
턱. 퍽. 퍽. 턱. 턱. 퍽. 피융!

보이지도 않을 정도로 빠르게 적의 손목을 쳐내고, 찌르고, 베었다.
 좌우에서 김태진과 서상현이 달려들지 않았다면 견디기 힘들 정도로 놈들도 독기가 올랐다.
 강찬은 일본도를 든 놈을 보았다. 경호원 셋이 놈에게 저항하고 있었다.
 피융!
 시선을 뺏긴 틈에 옆구리를 베였다.
 푹푹!
 놈의 팔을 두 번 찌르는 사이 새로운 덩치가 앞을 막았다.
 피융! 피융!
 놈의 목을 좌우로 긋는 순간,
 "끄-윽!"
 푸학!
 뿜어진 피가 강찬의 상체를 확 뒤덮었다.
 "퉤!"
 눈으로 피가 들어가서 앞이 온통 벌겋게 보였다.
 경호원 하나가 일본도를 피해 몸을 펄쩍 뛰자 석강호가 고스란히 드러났다.
 석강호는 구한다.
 눈알이 빠지든, 옆구리가 갈라지든, 석강호는 구하고 본다.
 푹! 푹!

"끄아악!"

목덜미와 겨드랑이를 찍힌 놈의 비명이 처절했다.

"비켜!"

마주 선 놈이 움찔하는 순간이었다.

피윳!

강찬은 대검으로 목젖을 그어 버렸다.

죄? 천벌? 지옥?

묶인 채 뒈진 석강호를 보는 게 지옥이다.

뜨끔!

옆구리를 또 베였다.

푹!

강찬은 놈의 팔을 찍어서 확 당겼다.

"끄아아악!"

"이리 와!"

온통 피를 뒤집어쓴 강찬이 놈의 목을 안고 앞으로 달렸다.

피윳!

서상현이 따라오지 못한 바람에 왼쪽 옆구리에 또 칼을 맞았다.

푹! 푹! 피윳!

강찬에게 잡힌 놈이 세 번이나 칼을 맞더니 축 늘어졌다.

와락!

강찬은 놈을 밀어내며 앞으로 나아갔다.

피윳! 피윳!

왼쪽을 또 베였다.

마지막으로 버티던 경호원마저 몸을 피했다.

푹푹! 피윳!

강찬은 막아선 놈 둘을 찌르고 베었다.

석강호를 향해 일본도가 높게 들리는 순간이었다.

강찬은 앞으로 몸을 날렸다.

푹!

"끄어억!"

일본도를 든 놈의 목덜미에 칼을 꽂은 강찬이 씨익 웃었다.

바닥에 묶인 석강호의 고개가 움직이고 있었다.

됐다.

강찬은 목을 찌른 놈을 안고 뒤로 돌아섰다.

옆구리가 불로 지지는 것처럼 화끈거렸다.

털썩.

강찬이 손을 놓자 놈이 짚단처럼 바닥에 쓰러졌다.

"허억. 허억."

김태진과 서상현이 옆에서 가쁜 숨을 내쉬었다.

강찬은 왼손에 남았던 철사의 끝을 오른손으로 잡은 다음, 대검과 오른손을 함께 꽉 묶었다. 손끝이 떨려서 감각을 무디게 하려는 의도였다.

예전의 몸을 찾지 못했었다면 벌써 쓰러졌을 거다.

"끄응."

그때, 석강호가 몸을 움직이며 내뱉는 소리가 들렸다.

"씨발."

살아나서 뱉은 첫마디가 욕이다.

이제 20명쯤 남았다.

강찬은 팔뚝으로 눈가의 피를 닦아 냈다. 굳어서 끈적였지만 그래도 훨씬 나았다.

강찬이 숨을 고르고 앞을 노려보는 순간에, 석강호가 이를 북북 갈며 그의 옆에 섰다.

피가 잔뜩 묻은 일본도를 들었다.

"뒤로 가 계쇼."

"같이하자. 너까지 나서면 저 개새끼들 다 죽일 수 있다."

강찬이 만족한 듯 히죽 웃는 순간이었다.

질린 얼굴로 강찬을 보았던 김태진이 마주 선 놈들을 향해 능숙한 숭국어를 쏟아 냈다.

"쎤마?"

당황한 듯 나온 반문에 김태진이 다시 답을 했다.

놈은 강찬을 매섭게 노려본 다음, 김태진과 두 번쯤 더 대화를 나눴다.

"하오!"

이건 강찬도 아는 중국어다.

놈이 뒤를 보고 뭐라고 소리치자 서 있던 놈들이, 쓰러져 있는 놈들을 수습하기 시작했다.
"이쯤에서 끝내기로 했소."
강찬은 경계를 풀지 않은 채로 김태진을 보았다.
"오광택이 오고 있다고 했지요."
김태진 역시 상의 곳곳이 날카롭게 갈라졌는데, 살이 깊게 벌어진 자리도 두어 곳 정도 있었다.
"시체를 치우는 일도 그렇고, 강찬 씨도 데드라인이오."
피식.
분이 풀리지 않았다. 저것들이 살아가는 것을 참기 어려웠다.
가족을 붙잡은 데다, 석강호를 거꾸로 매달았던 놈들이다.
이대론 못 보낸다. 다 죽이고 만다.
"강찬!"
그때, 김태진이 그를 거칠게 불렀다.
퍼뜩.
강찬이 매섭게 그를 노려보는 순간이었다.
"여기가 끝이 아냐! 지켜야 할 사람이 아직 남았어! 여기서 저놈들 다 죽여서 끝날 것 같으면 나도 끝장 보겠다. 남은 사람들은 생각 안 하나!"
김태진의 눈도 매섭게 번들거리고 있었다.
남자다. 이런 눈을 가진 남자는 오랜만이다.
한 번쯤 말을 들어주어도 되지 않을까?

"함부로 반말한 건 미안하지만, 강찬 씨가 지켜야 할 사람이 아직 남았소. 석강호 선생도 무리해선 곤란하고. 지금은 참읍시다."

그런가? 아직 지켜야 할 사람이 남은 건가?

강찬이 숨을 짧게 내쉬자, 김태진이 눈 끝만으로 멋지게 웃었다.

"어우!"

긴장이 풀렸는지 서상현이 바닥에 주저앉았다.

무릎 바로 위로 깊게 베인 상처가 한눈에 보였다.

그는 강찬이 번들거리는 눈으로 똑바로 서 있는 것을 보며 고개를 절레절레 저었다.

10분쯤 지났을 때 쓰러진 놈들이 대강 수습되었다.

부상자는 알아서 걸었고, 스물가량 되는 놈들이 죄다들 한 놈씩을 어깨에 걸치거나 등에 업었다.

"빨리늘 걸으라!"

김태진과 대화를 나눴던 놈이 느닷없는 한국말로 고함을 지른 다음, 강찬의 앞으로 다가왔다.

"남조선에 이거이 혼자 이 정도 하는 전사가 있는 줄은 몰랐어. 기카고, 우린 여기까지야."

놈이 석강호를 슬쩍 보았다.

"담번이래 한족 새끼들이 직접 올 끼야. 이쪽에서 죽거나 다친 아들이래 우리가 다 공작을 엄폐할 끼니까, 비겁하게

고기를 잡으러 • 69

한족 새끼들에게 죽지 말라우."

놈은 김태진에게 고개를 돌려 중국어로 몇 마디를 더한 다음 돌아섰다.

"아!"

놈이 강찬을 향해 날카롭게 시선을 돌렸다.

"기카고, 련변, 하얼삔, 이 두 곳은 절대로 오지 말라."

피식.

놈이 강찬의 옆구리를 슬쩍 보고는 그대로 걸어 나갔다.

강찬은 갑자기 힘이 쭉 빠지는 느낌에 신음을 삼키며 나무로 걸어가서 주저앉았다.

"에이, 씨발!"

따라왔던 석강호가 강찬의 옆구리를 보며 욕을 버럭 뱉었다.

강찬은 앞을 본 채로 풀썩 웃었다. 그러고 나자, 불쑥 유혜숙이 떠올랐다.

숨을 쉬지 못할 정도로 옆구리가 아팠다.

찌익!

김태진이 경호원들의 재킷을 길게 찢어서 강찬에게 다가왔다.

강찬은 멍하니 그런 김태진을 보았다.

"출혈이 너무 심한데?"

김태진이 천으로 가슴을 두른 다음, 있는 힘껏 당겨 묶었다.

"정신 잃으면 안 돼. 뒤쪽에 도로가 있으니까 차를 그리 댈 거요."

이상하게 웃음이 나왔다. 그리고 그럴 때마다 유혜숙의 모습이 떠올랐다.

석강호는 얼굴을 우그러트리고 있었다.

대원이 살아 있는 것을 보는 건 언제나 행복했다.

"괜찮냐?"

"그게 나한테 할 소리요!"

"우냐?"

"눈병 난 거요!"

"고맙다."

살아 있다는 사실이 정말 고마웠다.

"씨… 발, 그냥 가족만 구하지."

"병신아, 내가 누군지 모르냐?"

석강호가 강찬의 오른손에서 철사를 풀어냈다.

"뭐 미쳤다고 이건 이렇게 세게 감았소?"

강찬이 풀썩 웃자 석강호가 팔뚝으로 눈물을 쓱 닦았다.

"차가 도착했답니다. 뒤쪽으로 가면 바로 도로에 붙었다니까 그리로 갑시다."

김태진의 말에 석강호가 강찬의 앞으로 몸을 수그렸다.

"괜찮겠소?"

"그냥 업혀만 주쇼."

김태진이 경호원과 함께 강찬을 등에 올려 주었다.

산속, 밤길이다. 석강호가 걸음을 디딜 때마다 옆구리를 생으로 찢는 듯한 통증이 밀려왔다.

"강찬 씨 나이가 어떻게 됩니까?"

서상현이 절뚝거리는 걸음으로 던진 질문이었다.

"오광택이랑 친구랍디다."

"고등학생이?"

"호적이 잘못된 거요. 내가 대하는 거 보면 모르겠소?"

"그럼 나보다 네 살이나 위네?"

서상현이 놀란 얼굴로 김태진을 보았을 때, '나보다는 어리니까.' 하는 대꾸가 있었다.

"강찬 씨! 잠들면 안 돼!"

김태진이 강찬의 목덜미에 손을 얹고 거칠게 흔들었다.

5분쯤 더 걸어가자 편한 복장의 사내 여럿이 우르르 달려왔다.

"준비는?"

"말씀하신 대로 다 됐습니다."

김태진의 직원들이 들고 온 들것을 펴서 석강호의 앞에 놓았다.

"저기 눕힙시다. 혼자보다 훨씬 빠를 거요."

석강호가 자세를 낮췄고, 직원들 넷이 달려들어 강찬을

들것에 눕혔다.

확실히 빨랐다.

강찬은 아무것도 제대로 느끼지 못했다.

"정신 좀 차려 봐요!"

석강호의 말이 왕왕거리며 들렸다.

별, 달, 그리고 하얗게 뭉친 구름이 뿌옇게 흘러갔다.

"강찬 씨! 내 말 들려요? 서둘러! 조금만 더 빨리 가 보자!"

들것을 잡은 사내들의 거친 숨소리가 과장되게 들렸다.

석강호도, 가족도 살았다.

다행이다.

⚜   ⚜   ⚜

아프리카?

주변은 흐릿했다.

유혜숙이 밧줄에 묶여 뭐라고 악을 써 댔다.

'가야 하는데?'

기둥에 온몸이 꽁꽁 묶인 것처럼 꼼짝도 하지 않았다.

'놔!'

목소리도 나오지 않았다.

아랍 놈 하나가 기다란 칼을 들고 유혜숙의 앞에 섰다.

"아들! 그냥 가!"

'놔! 놔! 이 개새끼야!'

붙잡고 있는 게 누군지도 모른다.

"아들!"

그 순간에 몸이 풀렸다.

확!

강찬은 벼락같이 몸을 날렸다.

가장 먼저 느낀 것은 엄청난 통증이었다.

눈이 떠지지 않았다. 그리고 다시 의식이 흐려졌다.

얼마나 지났는지 모른다.

멀리서 그를 부르는 소리가 들려서 눈을 떴을 때 '정신이 들어요?' 하는 유헌우의 얼굴이 보였다.

"괜찮은 겁니까?"

"이 정도면 내일쯤 퇴원한다고 할걸요?"

뜻밖에도 김태진이 침대 옆에 앉아 있었다.

"강찬 씨, 아직 물 마시면 안 돼요. 담배, 커피도 안 되고. 물론 술, 간호원도 안 됩니다."

김태진이 어이없다는 표정으로 보는데도 유헌우는 뻔뻔한 얼굴이었다.

그가 방을 나간 다음이다.

"석강호 선생은 밤새 한숨도 안 자고 병원에 있다가 좀 전에 지리산으로 갔소. 깨어나면 꼭 좀 전화해 달라고 하던데."

마치 군대의 선임을 만난 느낌이었다.

"말씀 편하게 하세요."

김태진이 물끄러미 강찬을 보더니 기분 좋게 웃었다.

"내 나이가 마흔다섯이요. 어지간한 사이에 말 놓는 거 정말 싫어하는데, 강찬 씨는 좀 더 편하게 대해도 좋을 것 같군."

그 역시 가슴과 팔뚝에 온통 붕대를 감고 있었다.

"침대 좀 일으켜 주세요."

"그냥 있지."

강찬과 시선을 마주친 김태진이 한숨을 푹 쉰 다음, 침대 아래에 있는 레버를 돌렸다.

"물 좀 주세요."

"그건 안 된다지 않았나?"

강찬은 김태진을 빤히 바라보았다.

그는 질린 얼굴이었다. 그러다 잠시 후, 종이컵에 물을 따라 주었다.

"조금만 마셔."

"그러죠."

김태진이 다시 강찬의 곁에 앉았다.

"오광택이한테 대강 들었다. 공트자동차 이야기도 들었고."

강찬은 깜박 잊고 있었던 일이 떠올랐다.

"제 전화기 여기 있나요?"

"여기."

김태진이 침대 옆에서 전화기를 꺼내 주었다.

유혜숙과 김미영, 그리고 미쉘과 스미든의 번호가 찍혀 있었다.

강찬은 스미든에게 먼저 전화를 걸었다.

발신음이 두 번 울렸을 때였다.

[알로! 차니?]

"그래. 아직 남산호텔에 있냐?"

[예쓰, 차니! 어떻게 할까요?]

"내가 경호원을 보내 볼 테니까 통화되면 그 사람들 반경 안에서 다녀. 다른 일 없지?"

[아무 일 없어요. 정말 괜찮은 거요?]

"그래. 나중에 보자."

강찬은 전화를 끊은 다음에 김태진에게 스미든의 경호를 따로 부탁했다.

"바로 조치하마."

김태진은 전화를 들어 남산호텔과 스미든의 전화번호를 알려 주며 경호를 지시했다.

"미리 말하지만 당분간 경호는 전부 무료다. 석강호 선생 가족들에게도 직원 둘 보내 놨다. 계약금은 두 배로 돌려주마."

"사람 치사하게 만들지 마세요."

"내 자존심이야."

나중에 얘기해도 되는 거다.

'그런데 지금 몇 시나 된 거지?'

강찬은 그제야 전화기의 시간을 보았다. 오전 11시 30분이었다.

버튼을 눌러 석강호에게 전화했다.

[여보세요!]

"귀청 터지겠다."

[살았소? 살아난 거요?]

"그래."

[내일 올라가요! 그때까지 병원에 있으쇼!]

"수련회 끝나고 와."

[뭔 소리요? 내일 수련회 끝나는 날이요.]

강찬은 당장 대꾸하지 못했다.

[수요일 내내 의식 없었고 오늘 목요일이우. 하여간 일단 병원에 있어요. 내가 갈 테니까.]

"알았다."

전화를 끊고서야 목요일인 걸 알았다.

"오늘이 목요일이었네요."

김태진이 고개를 끄덕였다.

"어제 오전이 고비라면서 의사 선생이 계속 붙어 있었지. 좀 독특한 사람이던데?"

장기를 꺼내야 한다고 했을지도 모른다.

"바쁘지 않아요?"

"대표가 바쁠 일이 있나? 큰 계약 때 얼굴마담이나 한 번씩 하는 거지."

뭐라고 대꾸할 말이 없는 답이었다.

"차는 병원 주차장에 가져다 놨으니까 됐고."

김태진이 슬쩍 강찬을 보았다.

"졸업하면 우리 회사로 오지? 내 시원하게 대우해 줄 테니까."

사람 꼬리나 졸졸 따라다니라고?

절대 사양하고 싶은 권유여서 강찬은 피식 웃기만 했다.

"우리 쪽은 아니던데, 격투술은 어디서 익힌 거냐?"

"인터넷이요."

김태진이 까불지 말라는 듯 짧게 웃었다.

"주차장 박기범이 목 돌려서 조직 무너트렸고, 공트자동차 한국 지사장을 말 한마디로 부리는 데다, 오십 명을 상대로 달려든다라……?"

김태진이 고개를 저었다.

"생각만 해도 정신 사납다."

누군들 이해하겠나.

다시 태어난 뒤 워낙 숨 막히게 일이 벌어져서 자신도 이해하기 어려운 판국이다.

"지리산에 있던 주차장 놈들 시체와 살아남은 놈들을 중국 애들이 데려가겠다더군. 오광택이 주차장 입단속 시키러 울산인가 간다고 했고."

나중에 중국어로 두어 마디 나누더니 그 얘기를 했던 모양이었다.

30분쯤 지나자 유헌우가 다시 들어왔다.

"물 마셨어요?"

그가 컵을 바라보자 김태진이 시선을 외면했다.

"하여간. 괜찮아요?"

"예."

유헌우가 진지한 얼굴로 계속해서 말을 이었다.

"다른 곳이야 강찬 씨 체질을 짐작하니까 이해하겠는데 허리를 찔린 건 좀 위험해요. 장기 손상이 없는 거 같아서 개복은 안 했지만, 음식을 잘못 먹었다가 문제 생기면 정말 큰 수술을 해야 합니다. 물을 마셨다니까 최소 여섯 시간은 경과를 봅시다."

"그러죠."

이 정도로 진지한 유헌우의 표정이 처음이라 강찬은 다른 말을 하지 않았다.

김태진이 점심을 먹고 오겠다며 나간 다음에 강찬은 유혜숙에게 전화했다.

[여보세요? 아들? 어디야?]

"재미있게 노느라고 전화 못 받았어요."

[왜 이렇게 힘이 없어? 어디 다친 거 아니니?]

"아니에요. 왜 그렇게 놀라세요?"

[어후, 그저께 흉측한 꿈을 꿨잖아. 그때부터 얼마나 마음 졸였는지 몰라.]

"무슨 꿈인데 그러세요?"

[아들이 피투성이가 돼서 울고 있는데 가까이 갈 수가 없더라고. 얼마나 마음 졸였는데. 아빠가 말려서 수련회장에 못 갔어. 목소리 들으니까 이제 살 것 같다. 정말 괜찮은 거지?]

"괜찮아요. 그리고 참! 저 며칠 더 여기 있을지 몰라요. 산이 정말 좋네요."

유혜숙은 답이 없었는데 의심하고 있다는 게 고스란히 느껴졌다.

"다음 주에 아버지랑 내려오세요. 산이 정말 좋아요."

[정말 우리 아들 아무 문제없는 거지?]

"그럼요. 여기가 너무 좋아서 그래요."

[돈이랑 필요하잖아.]

"석강호 선생님도 애들 보내고 여기 같이 있기로 했어요. 체대 입시 준비 같이할 겸 해서요."

[아휴!]

이제야 마음이 놓인다는 듯한 커다란 한숨이었다.

[아들! 아빠랑 의논하고 전화할게.]

"그러세요. 앞으론 전화 꼭 받을게요."

[그래, 아들.]

전화를 끊고 나자 마음이 한결 편했다.

이번엔 미쉘에게 전화를 걸었다.

단번에 전화를 받은 미쉘은 전에 이야기했던 '디아이 패밀리'의 인수가 가능하다는 답을 얻었다며 호들갑을 떨었다.

"비용은?"

[오억이면 된대.]

"보니까 여자 연기자 셋이 다던데 그 가격이 적당한 거야?"

[은소연 빼고 다른 애 둘이 제법 나가잖아. 내가 볼 때 충분히 가능성 있어.]

"미쉘."

[응?]

"미쉘이 맡아서 해 줄 거면 하고, 아니면 관두자. 난 그거 제대로 알지도 못하고, 공연한 일에 신경 쓰는 거 싫다."

[차니, 그럼 나 때문에, 날 위해서 인수하는 거야?]

강찬은 수화기에서 고개를 돌리고 한숨을 푹 쉬었다.

라노크의 말이 생각나서 인수하려는 건데 얘는 늘 진도가 너무 나간다.

할 수만 있다면 김태진 회사를 확 사 버리고 싶었다.

"좀 생각해 보고 나중에 전화해 줘."

[알았어, 차니.]

촉촉한 목소리라 얼른 전화를 끊었다.

그래. 샤흐란을 잡을 때까지만 참자.

강찬은 이를 꽉 깨물었다.

⚜ ⚜ ⚜

샤흐란에게서 경고를 받은 느낌이었다.

중국 쪽 조직을 이용해 망가진 주차장파를 꼬드긴 것이라면, 이건 자신의 뒷조사를 마쳤다는 뜻도 된다.

강찬은 조직의 필요성을 느꼈다. 그래야 놈도 가족을 노리는 따위의 짓거리를 함부로 하지 못하고, 자신을 곧바로 칠 수밖에 없는 거다.

'미쉘이 말한 회사는 우선 인수하기로 하고.'

라노크에게 완전히 읽히는 회사다.

당장은 김태진이 딱이다. 실력 되지, 경호업체 대표지, 자존심 있지, 무엇보다 확실하게 살아 있는 눈빛까지.

'그런데 뭐라고 설명하지?'

죽었다가 살아났더니 고등학생의 몸이었다고 솔직하게 말해 버려?

김태진은 틀림없이 정신과 상담을 진지하게 권할 사람이다.

'쯧.'

이런저런 고민을 하고 있을 때, 전화가 울렸다. 김미영이었다.

[여보세요?]

"어디니?"

[학원 끝났어. 어제랑 왜 전화 안 받았어?]

서운했던 모양이다.

"전화기를 다른 곳에 뒀었어. 집에 없었거든."

[어딘데? 혹시 수련회 간 거야?]

"거길 내가 왜 가? 석강호 선생님 부탁으로 뭐 좀 알아보느라고 온 거야. 이번 주는 여기 있어야 할 것 같으니까 다음 주에 보자."

[나 다음 주에 학원 쉬어. 그땐 시간 괜찮아?]

"그래. 놀러 가기로 했잖아."

[응! 정말 갈 수 있는 거지?]

김미영의 들뜬 목소리가 조금은 위로가 되었다.

잠시 통화를 더 하고 전화를 끊었는데, 기다렸넌 것처럼 샤흐란의 일이 달려들었다.

'이러다 내가 돌겠는데?'

생각을 정리할 필요가 있었다.

그때 김태진이 들어섰다. 음식 냄새를 풍기지 않으려는 건지, 아니면 원래 깔끔한 건지는 몰라도 양치질을 해서 개운한 치약 냄새를 풍겼다.

"시간 좀 되세요?"

"평소엔 한가하다니까. 내가 해 줄 게 있으면 부담 갖지 말고 말해."

편안하게 대해 주는 것이 좋았다.

"의논하고 싶은 게 있어서요. 잠시만 앉으시죠."

"그러지."

김태진이 침대 옆에 있던 의자에 자리 잡았다.

강찬은 먼저 샤흐란과의 관계에 관해 이야기를 꺼냈다.

아프리카의 작전 중에 대원을 팔았고, 배후에 세력이 있다는데 아직 밝혀지진 않았다. 그리고 스미든은 지난번 방문에서 죄를 뉘우치고 강찬과 한편이 되었다.

대략 이런 이야기였다.

김태진이 아무 말 않고 있어서 강찬은 주차장파와 왜 싸움이 일어났었는지를 간략하게 설명했다.

후반부의 사건은 김태진도 어느 정도 알고 있어서 긴말이 필요하지 않았다.

"그렇다면 샤흐란이란 인물을 찾아야 이 싸움이 끝난다는 말이군."

"그렇지요."

김태진이 의문 가득한 시선으로 강찬을 보았다.

"저는 공트자동차와의 계약을 따려다가 엉겼다고 이해하는 게 속이 편하실 겁니다."

"속이 안 편한 설명도 한번 들어 보고 싶은데?"

"받아들이지 못하실 겁니다. 프랑스어, 석강호 선생과의 관계, 제 격투술까지요. 그러니까 지금은 그냥 넘어가시는 게 좋을 겁니다."

김태진이 커다랗게 숨을 내쉬었다.

"그렇게 하는 게 서로를 위해서 좋겠지?"

"그럴 겁니다."

그가 기가 막힌 투로 웃은 다음 다시 입을 열었다.

"내게 이런 말을 하는 이유가 단순히 경호를 제대로 하란 뜻은 아닐 테고?"

"샤흐란을 잡는 일에 도움을 받고 싶습니다."

"그쪽이라면 오광택이 좀 더 어울리지 않을까?"

"샤흐란은 특수부대를 지휘했던 인물입니다. 그가 여기에 다른 사람을 끌어들인다면 깡패들은 상대가 되질 않습니다."

"그런가?"

고개를 끄덕이던 김태진이 퍼뜩 시선을 들었.

"프랑스인이라면서? 그쪽 인물이 우리나라로 들어오면 대번에 표시가 나지 않나?"

"샤흐란은 분명 방법을 강구해 낼 겁니다. 불편하시면 맡지 않으셔도 됩니다."

김태진이 입술을 모은 채로 인상을 찌푸렸다.

"흐- 흠, 내가 경호실 근무했다는 건 알지?"

"인터넷 홍보 문구에서 봤습니다."

김태진은 맥이 빠진 얼굴이었다.

"우리 회사에 경호학과를 졸업하고 바로 취업한 직원들이 좀 있어. 그런 애들은 전문적인 교육을 받은 요원을 만나면 생명이 위험해. 그러니 걔들 교관으로 일해 주는 조건이라면 샤흐란 일에 협조하지."

"제가 드렸던 말씀은 없었던 걸로 하죠."

숨도 안 쉬고 거절이 나오자 김태진이 입맛을 다셨다.

"한 번쯤 진지하게 생각해 봐."

대원들 죽는 꼴을 보면 눈이 뒤집히는 강찬이다. 그런데 이제 갓 학교를 졸업한 초짜들을 가르치라고?

시쳇말로 어림 반 푼어치도 없는 제안이었다.

분위기가 조금 뻑뻑해졌으나 감당하기 싫은 일을 맡는 것보단 나았다.

배가 고팠는데 유헌우의 진지한 경고가 마음에 걸렸다. 자칫해서 개복수술이라도 하게 되면 유혜숙이 지리산을 뒤질 판이다.

이런저런 이야기를 하며, 한 시간쯤 지나서 주사를 맞자 잠이 몰려왔다.

그때까지 김태진은 곁에 있었다.

웅웅웅. 웅웅웅. 웅웅웅.

전화기의 진동이 강찬의 잠을 깨웠다.

얼핏 일어나 보니 김태진은 자리에 없었다.

전화기를 들여다본 강찬은 두 번쯤 눈을 끔벅였다.

{111-1111-1111}

'라노크인가?'

강찬은 우선 통화 버튼을 눌렀다.

"여보세요?"

[강찬.]

"샤흐란?"

찬물을 뒤집어쓴 것처럼 정신이 번쩍 들었다.

[멋진 계획을 또 망쳐 놨더군.]

"옆구리가 좀 아문 모양이지?"

[지금 그 말을 평생 후회하게 될 거야.]

전화기 너머에서 병원의 기계음이 희미하게 들렸다.

강찬이 번호를 다시 한 번 살핀 다음이었다.

[난 원래 소모전을 좋아하지 않아.]

"걱정 마라. 조만간 심장에 칼을 꽂아 줄 거니까."

샤흐란이 픽 코웃음을 쳤다.

[나를 자극하면 네 주변 사람들이 위태로워져. 그 정도 경고를 받았으면 알아들을 만도 한데.]

당장 반박하기 어려운 말이었다.

[사흘 뒤에 다시 전화하마.]

전화가 끊겼다.

마지막은 힘겹게 말을 마친 느낌이었다.

'라노크에게 알려야 하나?'

강찬은 우선 침대를 세우고 싶었다.

머리맡에 있는 호출 벨을 누르자 곧바로 간호사가 들어왔다.

"침대 좀 올려 주세요."

간호사가 침대를 올려 주고 체온과 맥박을 쟀을 때 유헌우가 들어섰다.

"좀 어때요?"

"배가 많이 고픈데요."

"그 정도면 괜찮은 신호인 거 같네요. 어디 상처를 한번 봅시다."

기껏 올린 침대를 다시 내렸다.

유헌우는 간호사에게 소독할 준비를 해 오라고 지시한 다음, 허리의 상처를 들춰 보았다.

투두둑.

붕대가 떨어질 때마다 짜릿한 통증과 함께 피가 번져 나왔다.

유헌우가 상처를 살피고 배를 몇 차례 누르는 사이, 간호사가 바퀴 달린 선반을 가져왔다.

"외견상이나 촉진으로는 문제가 없네요. 상처도 벌써 아물고 있고. 옆구리 상처도 봅시다. 회복 속도가 빨라서 붕대를 좀 더 자주 갈아 주는 게 좋겠어요."

침대를 다시 세워야 해서 간호사에게 미안했다.

유헌우는 강찬을 앉게 한 다음, 가위로 붕대를 자르고 다시 천천히 떼어 냈다.

이번만큼은 강찬도 두 차례 신음을 토해 냈고, 이마에 식은땀을 흘렸다.

"칼 맞을 땐 모르나요?"

"예?"

"붕대를 떼는 것보다는 더 아플 것 같은데, 이렇게 되도록 견디는 게 신기해서 그럽니다."

유헌우가 인상을 찌푸리며 상처를 살폈다.

"모두 열여섯 곳이오. 최근 한 달 사이에 허가 품목인 진통제와 혈액을 너무 써서 관련 부서에서 의심하는 눈치더군요."

강찬이 간호사를 힐끔 보았다. 누구라도 입만 뻥긋하면 유헌우는 빠져나가지 못한다.

"밖에서 말이 나오면 모를까, 병원 식구들은 다 안심해도 됩니다."

소독약을 발라 주며 유헌우가 대수롭지 않게 말을 했다. 어떤 의미의 자신감인지는 몰라도 따지고 들기도 어려웠다.

"이전보다 회복이 더딥니다. 상처가 워낙 많아서 그런 모양인데, 이번 주말까진 병원에 있어 봅시다."

"예."

집에 가기 전에 어느 정도는 몸을 회복하는 게 좋다.
"저녁은 우선 죽을 먹어 보고 괜찮으면 내일부터 제대로 식사하는 걸로 하구요."
이것도 얌전히 따를 수밖에 없었다.

잠시 TV를 보며 시간을 보내고 있자니 김태진이 들어왔다.
"일어났네?"
"가서 좀 쉬시죠."
셔츠 사이로 감은 붕대가 고스란히 드러나서 김태진이 더 중환자처럼 보였다.
"아래층에 서 이사가 입원해 있으니까 그렇게 부담 갖지 않아도 돼."
"많이 다쳤나요?"
"하마터면 평생 다리를 못 쓸 뻔했다더군. 직원들 교육 담당이라는 놈이 저 모양이니 할 말도 없을 거야."
말을 마친 김태진이 강찬을 물끄러미 바라보았다. 하고 싶은 말이 있는 눈치였다.
강찬은 TV를 끄고 그에게 시선을 주었다.
"샤흐란은 귀국길에 교통사고로 사망한 것으로 되어 있더군. 정보부에 있는 친구 말로는 프랑스 정부에서 이 사건이 보도되지 않도록 협조 요청까지 했다던데, 내가 모르는 게 더 있는 건가?"

강찬은 아차 싶었다. 조직을 구성하겠다는 욕심에 쓸데없는 소리를 지껄인 꼴이다.

프랑스 정보총국까지 자신을 적으로 돌리면 이건 절대로 이기기 어려운 싸움이 된다.

"말하기 곤란하면 여기서 멈추기로 하지."

의외로 김태진은 깔끔하게 물러났다.

"나는 비무장지대에서 아군을 지키거나 복수 차원에서 상대방 초소를 급습하는 임무를 수행했었다."

뜬금없는 이야기라 강찬은 듣고만 있었다.

"적성에 맞았지. 그렇게 군인으로 살고 싶었고. 그런데 북한군 특수군단, 모가지 귀신이란 놈에게 부대원 다섯을 한꺼번에 잃으면서 모든 게 날아갔다."

김태진은 아직 그때의 분을 삭이지 못한 채로 간직하고 있었던 것이 분명했다.

"죽은 놈들의 대검에 묻은 피로 봐서 놈도 심각한 부상을 당했을 텐데. 그때부터 내가 워낙 미쳐서 날뛰는 바람에… 후우! 전역당했다. 하기야 그냥 뒀으면 평양이라도 뛰어갈 판이었으니까. 그 뒤로 경호실에서 근무했었지."

고개를 앞에 두었던 김태진이 말끝에 시선을 들어 강찬을 보았다.

"그때 몸뚱이를 온전히 보전한 동기 두 놈이 있었는데 한 놈은 정보부, 다른 놈은 그 부대 대장으로 있지. 정보부에 있는 동기 놈이 그러더구나. 샤흐란 일에 손대지 말라고. 최근에 중국 쪽과 프랑스 쪽 움직임이 심상치 않다고. 그런데 우습게도 나를 참지 못하게 하는 소식이 하나 더 있었다."

김태진이 주먹을 꽉 쥐자 붕대를 감은 팔뚝이 꿈틀거렸다.

"모가지 귀신이 중국 쪽 정보국에 있단다. 내 대원 목 다섯을 자르고 사라졌던 놈이 말이다. 이름도, 나이도 모르지만 마주쳐 봐서 얼굴은 안다."

"중국에 가시겠네요."

"지금 한국에 있단다."

뜻밖의 이야기였으나 아무튼, 김태진은 복수할 기회를 잡았다는 뜻이다.

그런데 그가 묘하게 웃으며 강찬을 보았다.

"샤흐란이 국내로 들어오기 전에 통화한 명단에 놈이 있었는데……."

뭐하고 뭐가 통화를 해?

강찬은 순간 눈이 번쩍 뜨였다.

"혹시 모가지 귀신을 뒤쫓으면 샤흐란이란 인물이 나오지 않을까?"

강찬은 어리둥절한 느낌이어서 잠시 생각을 가다듬었다.

실마리가 될지는 몰라도 당장 모가지 귀신이 샤흐란 때문에 국내로 들어왔다고 생각하는 것은 어딘지 성급해 보였다.

김태진은 강찬의 생각을 짐작한 모양이었다.

"광명유한합작공사라는 회사의 대표로 국내에 들어왔더군. PCB 기판을 설계하고 생산하는 업체라는데, 서울호텔에 묵고 있다."

중국이든 북한이든, 이 시점에 공작원이 국내로 들어온 것은 사실이니까.

강찬은 어쨌든 막막했던 샤흐란의 꼬리를 발견한 느낌이었다.

"당장은 나도 접근하기 어려워. 우선 중국 쪽 요원 애들이 붙어 있고, 우리 정보부 요원들도 감시 중이니까. 보름 후에 화물을 싣고 나간다더구나."

"화물이요?"

"이쪽에서 PCB 기판을 싣고 간다는 거지. 그런데 놈이 화물선을 전세를 냈다고 하던데?"

이렇다면 이야기가 다르다.

"샤흐란을 데려가겠다는 거군요?"

"부상의 정도를 감안하면 그런 추리가 들어맞을 수도 있지."

강찬은 소리라도 지르고 싶었다.

그의 눈빛을 보면서 김태진도 만족한 얼굴이었다.

"샤흐란의 이전 행적을 뒤지다 보니 놈이 나왔다. 중국 기업 대표와 프랑스 공트자동차의 부사장으로 공식 통화를 하는 바람에 잡아낸 거고. 정보부에 내 친구 놈이 아니었다면 모가지 귀신이란 사실은 밝히기 어려웠겠지."

보름이라고 했다.

"정보부 친구에게 도움을 받기로 했다."

강찬이 의아한 눈으로 보았을 때였다.

"나는 모가지 귀신을 잡고, 너는 샤흐란을 잡는 거다."

씨익.

그런 거라면 빼지 않는 강찬이다.

"놈의 중국식 이름이 위민국이더구나. 정보부에서 거래 상대방 회사를 조사하고 있는데 원래부터 PCB 기판을 생산하는 업체가 맞단다. 덕분에 대주주가 주가 조작을 하는 것도 부수적으로 알게 되었다는데 그건 우리에게 중요한 문제가 아니고."

모처럼 기분 좋은 소식이었다.

"정말 고맙습니다."

김태진이 멋진 미소로 고개를 끄덕여 주었다.

"위민국의 일정과 동선을 파악하고 있으니까 연락이 오는 대로 알려 주마. 그러니 우선 몸을 제대로 만드는 데 주력해."

"기분 좋은데요?"

"지금껏 그때 목이 잘린 대원들의 모습을 잊어 본 적이 없다. 이번에라도 제대로 갚아 줘야지."

마음 같아선 달달한 봉지 커피에 담배 하나 피우고 싶지만, 지금은 참아야 하는 때였다.

잠시 후, 저녁으로 죽이 나왔다.
김태진은 서상현에게 들렀다가 저녁을 먹고 오겠다며 병실을 나섰다.
배가 고프던 참이라 죽 한 그릇을 말끔하게 비워 냈다.
죽을 먹고 나서 한 시간쯤 지나자 유헌우가 들렀다.
"통증이 있거나 이상한 곳은 없어요?"
"배가 고픕니다."
유헌우가 풀썩 웃으며 배를 몇 번 눌러 보았다.
"절대로 술은 안 됩니다."
"그럼요."
밤을 그대로 넘어가지 않으리라 짐작하는 모양이었다.
"퇴근한 이후라도 갑자기 복통이 생기거나 문제가 있으면 바로 연락하세요. 아니면 간호사에게 말해도 되고."
"그럴게요."
유헌우가 돌아서며 주사약 몇 가지를 처방해 주었다.
강찬은 침대에 앉아 생각을 정리했다.
샤흐란이 사흘 뒤에 전화한다는 이유가 뭘까? 위민국이라는 모가지 귀신과 과연 만날까? 라노크에게는 어디까지 말하는 게 좋을까?
물론 김태진에게도 라노크의 이야기는 하지 않았다.

머릿속이 복잡하고 어딘가 비겁한 모습이란 생각이 들었는데, 반대로 샤흐란만 잡으면 모두 끝나는 일이다.

이번만큼은 놓치면 안 된다.

옆구리를 뼈째 갈랐는데도 살아난 놈.

강찬은 우선 미셸이 회사를 인수하는 일을 계속 진행하기로 했다. 라노크의 의심도 덜고, 만약 이번에 샤흐란이 나타나지 않을 때를 대비하려는 생각이었다.

'여기까지.'

간단하게 생각하는 게 좋다.

강찬이 만족한 웃음을 짓는 순간, 병실 문이 열리며 오광택이 들어섰다.

깔끔한 양복에 넥타이 없는 연초록 셔츠 차림이었다.

"살 만하네?"

강찬이 풀썩 웃자 오광택은 직접 가서 커피를 타기 시작했다.

"난 내가 장의사가 된 줄 알았다."

툴툴거리면서 종이컵을 들고 온 오광택이 커피를 건네주고 담배를 꺼냈다.

"창문 좀 열어라."

"그래? 그러지."

순순히 말을 듣는 게 이상했지만 뭐 아직까지야 나쁠 게 없으니까.

봉지 커피와 담배.

강찬은 몸과 마음의 고단함이 단숨에 사라지는 느낌이었다.

"주차장 애들은 깨끗이 정리 끝났고?"

그런 그의 표정이 마음에 안 들었는지 오광택이 불쑥 인상을 썼다.

"뭐야! 이번에 완전히 정리했다니까! 아예 울산 쪽 식구들이 다 접수해서 다시는 주차장이니 세차장이니 안 나와! 박기범이는 다음 주에 필리핀으로 이민 갈 거고."

"고생했네."

후루룩.

요란스럽게 커피를 들이켠 오광택이 한숨처럼 담배를 뿜어냈다.

"이번 건 주차장파를 제대로 정리하지 못해서 애프터서비스한 거다. 그렇게 알아라. 간다."

종이컵에 담배를 던진 오광택이 깔끔하게 자리에서 일어났다. 뭔가 할 말이 있는데 그냥 입을 다무는 느낌이었다.

"할 말 있는 거 아니었냐?"

병실 문을 잡은 오광택이 강찬을 향해 고개를 돌렸다. 그러고는 픽 웃고 병실을 나갔다.

저 새끼는 뭔가 좀 다르긴 하다.

신세 진 것도 있고.

강찬은 기분 좋게 침대에 몸을 기댔다.

전화가 울려서 들어 보니 석강호였다. 그 성격에 오래 참았다.

"여보세요?"

[저녁은 어쨌소?]

"먹었다. 너는?"

[애들 챙기다 이제 겨우 때웠소. 난 저녁때 올라갈 거요.]

"왜? 무리하지 말고 내일 일정에 맞춰서 와."

[그게 아니라, 마누라하고 애가 워낙 겁에 질려서 자꾸만 경찰에 신고한다고 난리잖소. 그거 달래지 않았다간 사고 나겠수.]

"하긴. 일반인이 견디기 어렵지."

[이따 봅시다.]

"조심해서 와."

[알았수.]

석강호가 올라온다니까 더 든든했다.

제3장

가슴이 시키는 일

남아 있겠다는 김태진을 억지로 보내 놓자 전화가 울렸다.

미쉘이었다.

[인수하기로 했어. 언제로 할까?]

"편한 때 해. 돈은 내가 송금해 줄 테니까."

[그건 아냐. 차니가 있어서 확인하는 게 좋아.]

"꼭 그래야 해?"

[그럼 다음 기회로 미뤄 둘게. 인수 끝나면 직원들하고 인사는 해야지.]

"알았다. 그럼 다음 주에 약속을 잡아."

전화를 끊자 한숨이 푹 나왔다.

하기야 직장을 그만둬야 하는 데다, 꽤 거금이 들어가는 일이라 걱정스럽기도 하겠다.

'배가 고픈데?'

그건 그거고 배가 고픈 건 고픈 거다.

목에 깁스를 했던 석강호가 김밥을 꾸역꾸역 삼킨 것이 이해가 갔다.

강찬이 화장실에 들를 겸 몸을 틀었을 때였다.

드르륵.

문이 열리며 석강호가 들어섰다.

"뭐야? 집에 들른다고 안 했어?"

"들렀다 온 거요."

시계를 보니 얼추 11시가 다 되었다.

"그건 뭐냐?"

"푸흐흐, 보쌈이오. 내가 지난번에 제일 먹고 싶었던 게 이거였거든요."

"잘했다!"

비닐봉지를 들어 보인 석강호가 냉큼 강찬을 부축했다.

"상처가 살벌하던데 움직여도 되겠수?"

"특수 체질이잖냐."

석강호가 링거 팩을 옮겨다 준 덕분에 화장실을 쉽게 사용했다.

둘은 탁자를 가져다 놓고 보쌈을 거의 다 먹었다.

살 것 같았다.

"참! 집에다는 뭐라고 했냐?"

"사실 할 말이 없습디다."

비닐봉지에 음식 쓰레기를 담은 석강호가 커피를 타기 위해 움직였다.

"그래서 오광택이 팔았지요. 교통사고 나서 합의금을 받았는데 중국 쪽에서 우리가 마약을 받은 줄 알았던 모양이라고. 말 안 나오는 조건으로 합의금도 따로 받았는데, 만약 밖으로 알려지면 그땐 납치고 뭐고 진짜 죽는다. 뭐 이렇게 둘러댔수."

"그걸 믿어?"

"처음에 집 사라고 오억 줬고, 내일 오억 더 받기로 했다니까 고개를 끄덕입디다. 선생이 어디 가서 그 큰돈을 구하겠냐 싶은 모양이던데요."

석강호가 커피를 건네주었다.

"딸애랑 눈이 마주쳤소?"

뭔 소리지?

"눈 마주치고 걱정하지 말라고 했다던데, 내가 보니까 개 눈에 하트가 콱 박혔습디다. 아직 중학생이우."

"야! 아우, 크흑. 큭."

강찬이 어이없는 웃음을 터트리다가 인상을 찌푸리며 옆구리를 잡았다.

"완전히 백마 탄 왕자님으로 생각합디다. 멋지게 뒤를 돌아보면서 석강호 선생님이 보내서 왔어요! 했담서요. 마누라가 어떻게 됐냐고, 병원에라도 가 봐야 한다는 걸 나중에 밥 먹으면서 인사하기로 했소. 알아서 하시오."
"답답하다."
"한 번 만나는 것도 나쁘지 않지요."
"그건 그렇고."
강찬은 고개를 끄덕인 다음, 김태진에게서 들었던 모가지 귀신 이야기와 샤흐란의 전화 이야기를 모두 전했다.
"호오."
석강호가 눈을 번들거리며 미소를 지었다.
"방학 동안 너도 몸 좀 만들어. 그리고 여차하면 김태진 회사 교관으로 가는 것도 나쁘지 않겠다."
"선생은 두 가지 직업을 못 갖는다니까 그러쇼."
"그게 지랄이네. 차라리 교관 하면서 공트자동차 임원 하면 적성에도 맞고 시간도 마음 놓고 쓸 수 있어서 더 좋을 것 같은데."
"방학이 없잖소."
"그런가?"
하기야 여름과 겨울방학을 주는 직장은 아직 모르겠다.
"샤흐란 이 새끼가 사흘 뒤에 전화를 한다고 했으면 무언가 생각이 있단 소리 아니요?"

"나도 그걸 계속 생각 중이었다. 뒤가 무서운 놈이니까 나름대로 계획을 짰을 거 같고. 이번 일도 반드시 성공하겠다기보다는 어딘지 우리 쪽에 장난처럼 경고한 느낌도 들고."

"얼른 털고 일어나요. 그래서 둘이 운동합시다."

석강호가 분이 안 풀리는 얼굴로 이를 북북 갈아 댔다.

"나 담배도 끊었소. 내일부터 이 악물고, 몸 만들어 볼랍니다."

그거야 개인의 선택이라 뭐라 할 수 있는 게 아니다.

지난밤을 병원에서 꼬박 새웠고, 다시 지리산에 다녀온 피곤이 남았는지 석강호가 건너편 침대에 몸을 눕혔다.

잠시 후다.

강찬은 고개를 절레절레 저었다.

코 고는 소리가 얼마나 심한지 견디기가 어려웠다.

⚜　　⚜　　⚜

다음 날 아침, 김태진이 왔는데 특별한 소식은 없었다.

점심을 먹은 다음, 석강호는 2학년의 귀가를 확인하기 위해 학교로 출발했다.

우우웅.

문자가 울려서 확인했더니 '필립 정. 입금'이라는 글씨 뒤에 긴 동그라미가 달려 있었다.

가슴이 시키는 일 • 105

그리고 곧바로 전화가 울렸다.

[무슈, 강. 라노크요.]

"대사님, 그렇지 않아도 전화를 드릴 참이었습니다."

[그렇군요. 우선 제 용건을 말씀드리지요. 강찬 씨 증권 계좌로 공트자동차의 주식이 입고되었어요. 한국 돈으로 대략 오십억 원쯤 됩니다. 공트의 명예를 지켜 준 감사의 표시라고 생각하세요.]

"통장으로도 돈이 입금되었던데요?"

[회사 인수 자금입니다. 우선 십억을 넣었으니 필요하면 그 정도 한도 내에서 추가 지원이 가능합니다.]

"그 말씀을 드리려고 했던 건데요. 이번에 오억으로 드라마 제작과 매니지먼트 회사를 인수합니다. 제게 그 정도 여유는 있으니까 이번 송금은 돌려드리겠습니다."

[아주 탁월한 선택입니다. 그리고 송금된 금액은 인수 자금과 운영비로 사용하세요. 회사 인수가 끝나면 한번 뵙기로 하지요.]

"대사님."

강찬은 내용을 전하기로 했다.

"샤흐란과 일이 있었습니다. 어제 전화도 받았구요. 사흘 뒤에 다시 전화한다고 했으니 이틀 뒤에 전화가 올 것 같습니다."

잠시 침묵이 있었다.

[가능한 한 빨리 만날 수 있도록 스케줄을 조정하겠습니다.]

전화를 끊자 숙제를 하나쯤 마친 느낌이었다.

일이 너무 커져서 걷잡기 어려운데, 반대로 따지면 샤흐란만 잡으면 해결될 문제들이다.

배후 세력은 프랑스에서, 이번에 인수한 회사는 미쉘에게, 그리고 강찬은 석강호와 평범한 미래를 설계하면 된다.

얼마나 간단하고 단순한 일인가?

쓸데없는 주식과 돈이 자꾸 들어오는 것이 오히려 찜찜한 판국이다.

드르륵.

강찬이 전화기를 내려놓을 때 서상현이 휠체어를 탄 채로 들어섰다. 멋쩍어하는 표정이었는데 그렇다고 기가 죽거나 한 것은 아니었다.

"괜찮소?"

말을 마친 서상현이 멋쩍게 웃었다.

"태진이 형님이 말씀 다 했다고 하셔서 와 봤소. 어지간해서는 말도 안 놓는 양반이 강찬 씨에겐 말을 놓겠다고 한 것도 신기하고."

휠체어 바퀴를 손으로 굴리자 링거 팩이 앞뒤로 흔들렸다. 그는 강찬의 침대 앞에서 휠체어를 세웠다.

"전에 군대 있을 때 버릇이오. 한번 내 새끼라고 생각하면 양보 못하는 거. 그래서 그 양반, 그 뒤로 새로 들어온 직원들에게도 어지간하면 반말 안 합니다. 죽은 대원들 편하게 묻을 때까지 아마 못 그럴 거요."

각진 턱이며, 쭉 째진 눈이 강하게 생겼는데 그날 밤 실력으로 봐서 타고난 재능이 있는 것 같지는 않았다.

"후- 나이로 따져서 나보다 위라는 말을 받아들이기는 어렵고, 광택이 형하고 친구 한다니까 무시하지도 못하겠고. 그냥 이렇게 대할 테니 편한 대로 대하쇼."

서상현이 슬쩍 강찬을 본 다음에 입맛을 다셨다.

"형이란 말은 지내다 보면 할 거요. 됐소?"

"마음대로."

"에휴! 실력을 못 봤으면 우겨라도 보겠는데 이거야 원, 태진이 형 젊을 때 모습이니."

말투며 표정에서 김태진을 얼마나 좋아하는지가 여실히 드러나 있었다.

"모가지 귀신만 잡게 도와주쇼."

"그건 얘기 끝난 거니까 따로 말하지 않아도 돼."

서상현이 고개를 끄덕였다.

"그럼 됐습니다. 그 얘기 하고 싶었소."

서상현이 휠체어를 돌려 병실을 나갔다.

쓸데없이 단호한 모습에 고개가 갸웃했는데, 다른 생각을 할 이유는 없었다.

⚜️　⚜️　⚜️

주말은 더없이 지루하게 지나갔다.

세실이 주식 입금에 대해 전화가 있었고, 다음 목요일에 회사 인수 계약을 마치고 임직원들과 상견례를 갖기로 했다는 소식이 특별하다면 특별한 이야기였다.

알아서 하라는데도 미쉘은 변호사까지 선임하고 반드시 강찬이 나와야 한다고 고집을 피웠다. 업무에 관한 한 선이 분명한 터라 강찬도 어쩔 수 없었다.

차소연이 수련회를 잘 다녀왔다고 전화, 하루에 한 번씩 유혜숙과 김미영의 전화가 왔던 것 정도가 그나마 다른 일상이었다.

퇴원은 화요일 오전으로 잡았다.

김태진과 서상현이 이해하지 못하는 얼굴이었는데 구렁이 같은 유헌우의 설명에 고개를 끄덕였다.

"우리 쪽 직원 다섯이 위민국을 계속 미행 중이고, 계약된 선박도 감시 중이니까 무언가 다른 일이 보이면 바로 연락하마."

월요일 오후에 병원에 들른 김태진은 날이 지날수록 긴장하는 느낌이었다.

아무래도 좋다.

샤흐란만 잡는다면.

드르륵.

고개를 끄덕일 때 석강호가 들어섰다.

운동을 다시 시작해서 핼쑥한 얼굴인 건 이해가 가는데 걱정을 잔뜩 담은 것은 의외였다.

"무슨 일 있어?"

김태진과 목례를 나눈 석강호가 그의 침대로 다가왔다.

"혹시 애 팔 부러트린 거 있소?"

강찬은 눈을 껌벅였다.

"어! 트론스퀘어에 갔다가 한 놈 그랬지."

"그놈 아버지가 고소했나 봅디다. 양팔을 다 부러트렸다고. 일이 커지면 곤란하겠소. 우리 학교 애들이 아니라 말발이 먹힐 것 같지도 않고."

"쯧!"

말이 난 김에 강찬은 그날 있었던 일을 쭉 설명했다.

설마 일진 연합의 대가리란 놈이 고소할 줄은 몰랐다.

"이걸 어떻게 하지? 이호준이하고 허은실이 증언을 해 주면 될 것 같기도 하고."

"놔둬라. 걔들한테 부탁하게 되면 앞으로 그런 꼴을 계속 봐야 한다."

"칼을 들었다는 것만 증명하면 되잖겠소?"

"그거야 들어주겠지. 대신 비슷한 경우가 생기면 고소하겠다고 대들 거 아냐? 차소연이나 문기진처럼 김치 물고 서 있는 애들은 고소할 방법도 없을 거고. 그러니까 놔둬. 내가 만나서 합의를 보든, 아예 더 두들겨 버리든 할 테니까."

강찬은 실제로 그럴 생각이었다.

"지금 말한 거, 전부 사실이지?"

그런데 김태진이 불쑥 이야기 중에 끼어들었다.

강찬은 순간 불쾌한 눈빛이 나왔다. 뭐 아쉬운 게 있어서 석강호에게 비겁한 거짓말을 하겠나.

"기분 나빴다면 사과하마. 대신 그 말대로라면 충분히 정당방위로 해결할 수 있을 것 같아서 그랬다. 내가 전화 한 통 해 보고 얘기하자."

김태진은 전화기를 들고 잠시 밖으로 나갔다.

"걔 아버지가 깡패라고 들었는데 고소한 걸 보면 어지간히 억울했던 모양이오."

"이호준하고 허은실이니까 그 정도에서 넘어갔지, 만약 거기에 차소연하고 문기진이 그렇게 맞고 있었으면……."

"끔찍하우."

석강호가 생각하기도 싫다는 듯 인상을 버럭 썼다.

"오늘 오전부터 애들 나와서 운동해요. 기구하고 달리기 하고. 애들이라 확실히 빠릅디다."

학교 이야기를 들으면 이상하게 마음이 편해졌다.

석강호가 수련회에서 있었던 일을 두어 가지 풀었을 때, 김태진이 들어섰다.

"경찰서에 재수사 지시할 거니까 한번 지켜보자. 우리 쪽에서 부탁하는 게 아니라, 경찰에서 이호준과 허은실이란 애 불러서 협박받았는지 맞았는지 조사한다니까 결과 나오는 대로 대응하는 게 좋겠다."

"고맙습니다."

좀 전에 인상 쓴 것이 미안해지는 조치였다.

⚜ ⚜ ⚜

화요일 아침에 병원비를 지불하려고 보니 김태진이 이미 계산을 마친 다음이었다.

"VIP도 좋지만, 좀 쉬었다가 옵시다. 다음 주에 오 일간 휴가 갈 거니까, 그땐 나도 없어요."

유헌우가 병실까지 찾아와 강찬의 퇴원을 반겼다.

"근육을 무리하게 쓰지 말고, 조금이라도 곪는 기미가 보이면 바로 연락해야 합니다."

"그럴게요. 고맙습니다."

부러운 눈빛의 서상현을 두고 석강호와 강찬은 병원을 나왔다.

"옷 사서 입고, 점심 먹고 들어갑시다."

무엇보다 옷은 필요했다.

깨끗하게 세차된 쉬프를 타고 근처의 백화점에서 옷을 사고, 점심으로 냉면을 먹었다.

 살 것 같았다.

 강찬은 간간이 미쉘이 인수할 회사와 라노크가 입금해 준 돈에 대해 설명했는데 석강호는 그저 듣기만 했다.

 학교로 가는 길이었다.

 김미영에게서 전화가 왔다.

 [서울에 언제 와?]

 "지금 학교에 가는 길이야."

 [정말? 그럼 나도 학교로 갈게.]

 목소리와 분위기는 정말 다른데 유혜숙과 비슷한 느낌이 들었다.

 "지금 어디야?"

 [논현동 사거리.]

 "거기 있어. 내가 그리 갈게."

 [응! 버스 정류장이야.]

 바로 가는 길이다.

 석강호에게 이야기해서 버스 정류장에 차를 세웠다.

 빵빵.

 다른 사람은 다 쳐다보는데 김미영은 슬쩍 시선만 주었다. 강찬이 창문을 내리고 부르고서야 김미영이 달려왔다.

 "선생님 차예요?"

 "그렇지."

얼떨떨하게 석강호가 답을 하자, '차 정말 좋아요!', '선생님 부자였네요.' 하는 감탄이 있었다.

석강호가 룸미러로 힐끔거릴 정도로 김미영은 강찬에게 푹 빠진 눈빛이었다.

"선생님, 우리 트론스퀘어 가서 팥빙수 먹고 가요."

마침 신호 대기 중이라 강찬과 석강호가 동시에 뒤를 돌아보았다.

"거기 정말 맛있는 팥빙수 있어요."

하필이면 트론스퀘어?

"집에 가야 하잖아."

"오늘 엄마가 부부 동반 모임에 가셔서 저녁 먹고 가도 돼."

석강호가 강찬을 힐끔 보았다.

"그러지 말고 둘이 먹고 들어가."

김미명의 눈빛이 간절해서 나온 권유일 거다. 언젠가 거실에서 외롭게 있던 유혜숙처럼 보였다.

"차도 쓰고."

석강호가 거듭 눈치를 주었다.

집에서 기다릴 유혜숙이 걸리긴 했지만, 강찬도 잠시 짬을 내기로 했다.

학교 앞의 도로에서 석강호가 내렸다.

"선생님? 왜요?"

김미영이 당황한 얼굴로 따라 내렸을 때 석강호는 학교를 향해 있었다.

"타."

"어쩌려고?"

김미영의 눈이 정말 컸다.

"면허 있어. 괜찮아."

강찬이 운전석에 오르자 김미영이 조수석에 들어왔다. 워낙 놀란 얼굴이라 강찬은 풀썩 웃고 말았다.

"안전벨트 매고."

"정말 면허 있어? 우리도 딸 수 있는 거야?"

"그렇다니까. 선생님이 면허도 없는데 차를 주겠어?"

석강호의 이야기가 나오자 김미영도 조금은 안심하는 눈치였다.

차가 출발하고, 자동차 전용 도로에 나오자 김미영의 표정이 완벽하게 바뀌었다.

행복한 얼굴.

"너무 좋다."

강찬도 좋았다.

솔직히 김미영이 고등학생이 아니었으면 싶었다.

세상을 모르는 어린애, 그것도 또래보다 엄청나게 유치한 아이의 감정에 휘말려 죄를 짓는 건 아닌가 하는 생각이 들었다.

고등학생이란 단어가 절대로 벗겨선 안 되는 갑옷같이 느껴지기도 했다.

'시간이 흐르면 달라질 수도 있겠지?'

공부를 잘하는 아이니까 좋은 대학에 가서 세상을 보는 눈이 달라질 수도 있다.

"나 바보 같지?"

그때, 김미영이 툭 던진 말이 강찬의 생각을 깨웠다.

"왜 그런 생각을 해?"

"그냥. 처음에 얘기한 거 생각해 보니까 정말 멍청했던 거 같구. 지금도 자꾸 귀찮게 하는 거 같구."

강찬이 풀썩 웃자 김미영이 따라 웃었다.

그런데 슬쩍 눈길을 주었을 때 그녀는 아프게 웃고 있었다.

"어떻게 해야 할지 모르겠어. 공부하다가도 생각나. 그리고 밤에 울면서 잘 때도 있어. 표시 안 내려고 애쓰는 게 정말 힘들어."

덤덤하게 털어놓는 이야기라 그런지 더 쉽게 다가왔다. 불쑥 성장해 버린 느낌이었다.

그사이 미사리의 카페에 도착했다.

차를 세우고, 강이 보이는 야외 테이블에 앉자 김미영이 숨을 크게 들이마셨다.

"정말 좋다!"

앞에 '아들'이란 말만 있으면 영락없이 유혜숙이 한 말처럼 들렸다.

직원이 와서 커피와 주스를 주문한 다음이었다.

"지난번에 내가 고집부리고 엉뚱한 소리 해서 들어준 거라는 거 알았어. 그래도 난 안 바뀔 거야. 나중에 내가 정말 좋아지게 할 거니까 그때까지 기다려 줘."

이 녀석이 왜 이렇게 불쑥 큰 거지?

강찬이 빙그레 웃는 것을 본 김미영이 쑥스러운지 어깨를 들어 올렸다.

"ㅎㅎㅎ."

예쁘다. 크고 맑은 눈, 하얀 얼굴, 그리고 해맑은 웃음까지.

여동생이라고 생각했던 여자아이가 불쑥 커서 나타난 느낌이었다.

놀이공원에서 욕심이 나서 그랬던 건가?

그때 안았을 때 가슴이 설레서?

"프랑스로 유학 가?"

이건 뭔 소리지?

"아파트에 소문이 쫙 났어. 프랑스 전액 국비 장학생으로 추천받았다고. 우리 엄마도 처음에 안 믿었는데 다른 학교에서 말이 돌았대. 직접 그 자리에서 들었던 엄마가 그쪽 학교 엄마들에게 다 말했대. 대치동 학원에선 강찬이란 이름 유명해."

김성희?

엄마들 사이에선 그런 얘기도 돌고 돌아서 서로 알게 되는 건가?

"프랑스어 굉장하다고. 요즘 프랑스어 인터넷 강의 듣는 게 유행이야. 쉽게 배울 수 있는 말인데 왜 못하냐고 혼나는 애들도 무지 많아."

풀썩 웃음이 나왔다.

"나두 프랑스로 유학 갈 거야."

"어? 나는 안 갈지 모르는데?"

김미영이 멍한 얼굴을 했다가 장난치지 말라는 투로 눈을 흘겼다.

'왜 이러지?'

강찬은 숨을 크게 들이마셨다.

'몸이 어려서 생각도 따라가나?'

김미영이 웃는 모습이 가슴에 새겨지는 것 같았다.

"왜?"

"보고 있으니까 좋아서."

"피이."

김미영의 모습에 강찬은 웃고 말았다.

여자아이라 그런가? 엉뚱한 소리로 삑삑 해 대다가 한순간에 부쩍 컸다.

"백설 공주."
"응?"
주변을 둘러보는 김미영을 강찬이 불렀다.
"나중에 대학 가서 정말 멋진 사람을 만날 수도 있잖아."
김미영은 먼저 배시시 웃었다.
"나쁘다."
"뭐가?"
"너두 나중에 나보다 예쁘고 좋은 여자 만날 수 있다는 뜻이잖아."
"그런 건 아니고."
"그런데 왜 나는 그럴 거라 생각해?"
요거 봐라?
한 대 맞은 느낌이었다.
"난 공부 말곤 잘하는 게 없어."
공부 못하는 놈 앞에서 할 소리는 아니었다.
"그래서 유학 결심한 거야. 둘이서 프랑스에서 지내려고. 아빠, 엄마가 반대하면 거기서 아예 살 거야. 나, 프랑스어 인터넷 강의 들어."
김미영이 얼굴을 찌푸렸다.
"정말 어렵더라. 그래도 그 강의 들으면 행복해. 함께 있는 거 같기도 하고."
뒤에 한 이야기는 제대로 귀에 들어오지 않았다.

'아프리카와는 확실히 다른 건가?'

강대경, 유혜숙, 그리고 석강호.

강찬이 불행한 일을 당한다면 제대로 삶을 이어 가기 어려울 사람들이다. 거기다 김태진만 해도 부하들을 잃은 아픈 기억 때문에 함부로 반말도 하지 않는다고 들었다.

"왜?"

"그냥. 보고 있으니까 좋아서."

"ㅎㅎㅎ."

독특한 웃음소리마저 좋게 들렸다.

학원에 있었던 일, 엊그제 보았다는 TV 프로그램 이야기를 하며 시간을 보냈다.

석강호와 갔었던 백반집에서 맛있게 저녁도 먹었다.

카드로 계산할 때 김미영은 어리둥절한 얼굴이었다.

"카드도 있어?"

"그냥 통장에 있는 돈 쓰는 거야."

계산을 마치자 사용 내역이 문자로 왔는데 잔액의 동그라미가 너무 많아 알아먹기가 어려웠다.

통장을 나눠 놓을 필요가 있었다.

"차 가져다 드리러 같이 가."

번거로운 소리다. 당장 김태진 회사 직원 2명 정도는 김미영을 따라다니고 있을 텐데 말이다.

강찬은 아파트에 김미영을 내려 주고 공영 주차장에 차를 세운 다음, 다시 택시로 돌아왔다.

아파트의 엘리베이터를 탔을 때 가슴이 설레었다.

번호 키를 누르고 문을 열었을 때, 유혜숙과 강대경이 함께 있었다.

"아들!"

"다녀왔습니다."

유혜숙이 강찬을 안아 주고는 안색을 살폈다.

"운동이 좀 심했었나 봐요."

"얼굴이 반쪽이 됐다. 뭐 좀 먹을래?"

"지금 막 밥 먹고 들어오는 길이에요. 그런데 저건 뭐예요?"

식탁에 서류가 여러 장 있어서 강찬이 그리로 시선을 주었다.

"응. 아빠랑 엄마가 후원하려는 보육원하고 양육원 목록이야."

오랜만에 유혜숙을 보는 것도 좋았고, 궁금하기도 해서 강찬은 식탁으로 갔다.

"아픈 곳은 없니?"

"예."

강대경은 이제야 말 걸 틈을 찾았다. 그나마 유혜숙이 약을 데운다고 자리를 비우지 않았으면 아직 입도 떼지 못했을 거다.

가슴이 시키는 일 • 121

"생각보다 많이들 어렵다."

"봐도 되나요?"

"그럼."

강찬이 서류를 하나씩 보았다.

한 달에 필요한 비용이 600만 원인데 후원금과 보조금을 합한 금액이 450만 원인 곳이 그나마 가장 상태가 좋아 보였다.

이래서야 제대로 살 수나 있나?

"다들 이렇더구나. 최근에 점점 더 어려워졌다는데 우리 능력으로도 한계가 있어서. 어느 한 곳 마음에 걸리지 않는 곳이 없다."

"아들, 이거 먼저 먹어."

유혜숙이 강찬 앞에 약을 놓아 주었다.

"두 분은 드셨어요?"

"네가 사 준 약이라고 엄마가 얼마나 알뜰하게 먹는데. 아빠가 안 말렸으면 비닐 팩까지 다 먹었을걸?"

"이이는 꼭!"

유혜숙이 눈을 흘기자 강대경의 목이 쑥 들어갔다.

보기 좋았다. 나중에 가정이 생긴다면 이런 모습으로 살고 싶었다.

"일요일에 상정 보육원에 가 볼 생각인데 같이 갈래?"

"예. 그런데 혹시 선생님하고 다른 약속이 잡힐지는 몰라요."

"그래. 시간 되면 같이 가는 걸로 하자."

그렇게 한 시간쯤 지나자 방에 들어왔다.

아늑함.

이제는 방에 들어오면 편안함이 느껴졌다.

병원에서 지어 준 약을 먹고 모처럼 인터넷 검색을 하고 있을 때였다.

웅웅웅. 웅웅웅.

전화를 들었던 강찬은 샤흐란을 깜박 잊고 있었음을 알았다.

"여보세요?"

[무슨 짓을 했기에 벌써 퇴원한 거지?]

이놈은 계속 뒤를 따라다니고 있었나 보다. 강찬은 잠시 방심했구나 싶어서 정신이 번쩍 들었다.

[좋은 시간을 보냈다고 하더군.]

"쓸데없는 소리 지껄일 거면 용건이 생겼을 때 다시 전화해."

[워워, 강찬.]

여유 있는 척했으나 샤흐란은 또 기력이 달리는 음성이었다. 통화 중에 힘이 빠진 게 벌써 두 번째다. 아직 부상에서 제대로 완쾌되지 않았다는 증거이기도 했다.

[얼떨결에 당했지만 네 능력을 인정하기에 전화한 거다.

냉정하게 생각하는 게 좋아.]

"용건을 말해, 샤흐란."

[우리 일을 도와라. 그러면 이백억을 주지.]

이 새끼는 또 무슨 소릴 하려는 거지?

[다 알아, 강찬. 그러니 라노크를 죽여. 너라면 충분히 가능한 일이지 않나? 적당한 방법이면 되겠지. 아니라면 그가 확실히 움직일 동선만 알려 줘. 그래도 이백억은 네 거다.]

피식.

[잘 생각해. 시간이 얼마 없어. 조건을 받아들인다면 그 뒤로 어쭙잖은 경호원들은 고용하지 않아도 좋을 거야.]

이 새끼가 도대체 어디까지 알고 있는 거지?

[만약 우리가 먼저 라노크의 동선을 알게 되면 네가 가장 아끼는 사람 중 한 명을 다시는 보지 못하게 될 거야. 십억이면 되더군. 교통사고, 뜻하지 않은 강도. 그따위 어설픈 경호원들이 과연 그런 일까지 막을 수 있을까?]

"샤흐란."

[대답은 내일 듣겠다. 남은 시간이 열흘밖에 없어, 강찬, 그 안에 결정을 못하거나 우리가 해결하게 되면 이번처럼 날뛸 틈도 없이 누군가를 잃어. 아! 아마 여자가 될 거다.]

말을 마치자 힘겨운 숨소리가 들리고, 누군가 전화를 받아서 끊는 느낌이 들었다.

지금 라노크에게 전화하긴 어렵다.

열흘 정도 남았다는 말이 위민국이란 놈이 빌린 배로 한국을 떠날 계획과 맞아떨어졌다.

강찬은 병원에서 지어 준 약을 먹고 침대에 누웠다.

라노크를 죽여 달라고? 그건 화가 나지 않았다.

아끼는 사람 중 여자 한 명을 다시 못 보게 하겠다고?

개새끼.

반드시 심장이나 목에 칼을 꽂아 주마.

⚜   ⚜   ⚜

다음 날 오전 학교에 갔을 때, 석강호는 1, 2학년들과 운동을 하고 있었다. 담배를 끊었을 정도로 독기가 올랐는데 특히나 격투술에 치중했다.

체육선생이라더니 몸놀림에 재능은 있었다. 그러나 나이든 표가 분명하게 났나.

"선생님, 그게 뭐예요?"

"호신술이다."

"저희도 가르쳐 주세요."

기구 운동에 질린 아이들이 몰려들자, 강찬은 짧게 고개를 끄덕여 주었다.

근접 격투술은 이런 식으로 배워서 몸에 익기도 어려운 운동이다. 기밀 정보를 빼돌리는 것도 아니어서 가르쳐 준들 문제 될 것도 없었다.

석강호는 우선 맨손 대 맨손의 기본자세를 알려 주었다.

아이들은 태권도를 생각했던 모양이다. 동작의 의미를 이해하지 못한 채로 따라 하다 보니 괴상망측한 자세가 나왔다.

기본기를 서너 차례 가르쳐 준 다음이었다.

강찬은 중간에 눈짓을 해서 석강호를 불렀다.

"샤흐란이 전화했었다."

"벌써 사흘이 지났소? 아, 그러네. 뭐랍디까?"

강찬은 통화 내용을 있는 대로 전해 줬다.

"이 새끼가 거물인 척하네."

"그게 뭔 소리냐?"

"그렇잖수. 기껏 다이아몬드 때문에 부하들 팔아먹고 마약이나 밀수하던 놈이 대사를 죽이면 이백억을 주느니 마느니 하는 게! 병신이 무슨 프랑스의 앞날을 결정하는 중요한 자리에라도 있는 것처럼 주접을 떠니까 같잖아서 그렇소."

속이 후련할 정도로 시원한 평가였다.

"라노크에겐 전화했소?"

"조금 뒤에 전화할 생각이다. 이참에 라노크를 미끼로 써보려고."

석강호가 눈을 반짝였다.

"둘이 짜고 위치를 알려 주면 누구든 움직이지 않겠냐? 라노크는 배후를 치고, 우리는 거꾸로 타고 내려와서 샤흐란만 잡으면 되는 거고."

"그랬다가 라노크가 당하면요?"

"그거야 프랑스 정보국에서 알아서 할 일이지. 설마 라노크를 죽이겠다고 회칼 들고 오겠냐? 알아서 총질하거나 다른 방법을 쓸 텐데, 우리가 끼어들 일도 없다."

"그건 그렇수."

대강 의논을 끝낸 석강호가 운동부실로 들어가자 강찬은 라노크에게 전화를 넣었다.

[무슈 강, 대사께서 면담 중이시니 나중에 연락드리겠습니다.]

그러나 엉뚱한 사람이 전화를 받아서 김이 팍 샜다.

어차피 점심시간이기도 해서 중국집에서 몇 가지 음식을 주문해 다 같이 먹었다.

밥 먹고 커피 마시고 잠시 쉬었다가 되지도 않는 호신술 구경에 지쳐서 운동부실을 나왔을 때였다.

전화벨이 울렸다.

"대사님."

[무슈 강, 직접 못 받아서 미안합니다.]

"업무가 많으실 테니까 그건 괜찮습니다. 전화를 드린 건 어제 샤흐란에게서 왔던 전화 때문입니다.]

강찬은 통화 내용을 라노크에게도 전해 주었다.

[미끼를 바꿔야겠군요.]

강찬이 풀썩 웃었는데 라노크는 진지한 음성이었다.

[오늘 전화가 오면 이틀쯤 생각할 시간을 달라고 하십시오. 내일 저녁에 호텔을 예약해 두겠습니다. 괜찮으시면 내일 뵙지요.]

"알겠습니다, 대사님."

전화를 끊자 한결 여유가 생겼다.

김태진이 쫓고 있으니 그쪽에서 샤흐란을 먼저 찾을 수도 있고, 반대로 라노크가 배후를 잡아낼 수도 있는 일이다. 어느 쪽이든 각자의 목적이 있으니 게을리할 리도 없다.

생각난 김에 김태진에게 전화해 볼까 했으나 그만두기로 했다. 쫓기는 것도 그렇지만 사람 뒤를 쫓는다는 것이 얼마나 신경 곤두서는 일인지를 익히 짐작해서였다.

운동부실에 들어갔을 때, 아이들은 석강호와 기본자세를 반복하고 있었다.

'에휴.'

기가 막힌 자세였다. 적과 마주 섰다면 딱 한 번의 손질에 목을 찔려 죽기 꼭 좋은 자세.

강찬이 고개를 내저으며 천천히 몸을 풀 때였다.

"선생님, 이런 동작으로 싸울 수 있어요?"

차소연이 던진 질문에 여럿이 동조하는 눈빛을 보냈다.

자기들이 보기에도 너무 엉성했던 모양이다.
"나중에 시범을 보면 알 거다."
"예."
대답에 신뢰가 담겨 있지는 않았다.
그저 그러려니 하던 참이다.
그런데 강찬을 바라보는 석강호의 시선에 아쉬움이 잔뜩 담겨 있었다.
약이 오른 거다. 그리고 대련 상대가 있었으면 싶은 거다.
담배까지 끊으며 이를 악물었는데 허공에 대고 연습하자니 맥이 빠지기도 했을 거다.
강찬이 목을 좌우로 꺾으며 석강호의 앞으로 나섰다.
'어쩌려고 그려쇼?'
석강호의 눈빛이 딱 그랬다.
"몸 좀 한번 푸시죠."
히죽.
걱정된 건 걱정된 거고, 좋은 건 좋은 모양인지 석강호가 만족한 듯 웃었다.
강찬이 나서자 운동부실이 단박에 조용해졌다.
둘이서 몸을 약간 비튼 상태에서 권투 선수처럼 두 손을 목 높이로 올린다.
여기까지는 아이들이 한 것과 비슷했다.
석강호가 두 번쯤 상체를 움찔거린 다음이었다.

쉬익.

그가 곧바로 엄지를 날렸다.

파바박.

팔꿈치로 막은 강찬이 그대로 턱을 노렸고, 석강호는 팔꿈치를 밀쳐 내고 강찬의 옆구리와 목을 노렸다.

팍. 팍. 파박.

삽시간에 손과 손이 네다섯 번 부딪치고 둘이 떨어졌다.

아이들은 탄성도 지르지 못했다.

기본자세 때는 몰랐던 살벌한 동작도 그렇지만, 강찬과 석강호의 번들거리는 눈빛에 완전히 기가 질렸다.

파박. 팍. 팍. 퍼억!

다시 시작이다.

주먹과 팔꿈치를 밀쳐 낸 강찬이 석강호의 옆구리에 손날을 쑤셔 넣었다.

아이들의 얼굴이 단박에 일그러졌다. 마치 석강호 대신 옆구리를 얻어맞은 표정이었다.

석강호가 몸을 좌우로 비틀고는 강찬에게 달려들었다.

팍. 파박. 팍팍팍. 파박.

강찬은 파리를 쫓듯 석강호의 손을 이리저리 쳐내고 마지막에 목과 옆구리를 때렸다. 칼을 들고 있었다면 석강호는 이미 바닥을 뒹굴었을 거다.

그러나 딱 거기까지였다. 칼을 맞았던 옆구리와 허리에

뻐근한 통증이 몰려왔다.

강찬이 인상을 찌푸리며 뒤로 물러나자 석강호도 자세를 풀었다.

"우와."

아이들은 그제야 탄성을 질렀고, 몇몇은 손뼉을 쳤다.

석강호의 아쉬움을 달래 준다는 게 애꿎은 애들 가슴에 불만 지른 꼴이다. 강찬이 물러나기 무섭게 죄다 일어나 제 나름으로 기본자세를 연습하기 시작했다.

강찬이 밖으로 나가자 석강호가 자연스럽게 따라왔다.

"괜찮소?"

"그냥 좀 결렸어. 걱정할 정도는 아니고. 그나저나 몸이 그렇게 굳어서 어쩌냐?"

"그러게 말이오. 설마 했더니 나도 몸뚱이가 이렇게 느린 줄은 몰랐소. 팔이랑 몸통에 모래주머니라도 달아 놓은 것처럼 무겁습디다."

"내일부터 제대로 하자. 내가 좀 잡아 줄 테니까."

"몸부터 낫고 합시다. 솔직히 불안해서 제대로 달려들지 못한 것도 있으니까."

"쯧."

그런 면이 없잖아 있었을 거다.

강찬은 무언가 방법을 강구해야겠다고 여겼다.

잠시 쉬고 있자니 학원을 마친 김미영이 와서 함께 집으로 향했다.

"토요일에 놀러 갈 수 있어?"

"토요일?"

"응! 금요일에 강촌에 놀러 갔다가 토요일 하루는 내 마음껏 놀아도 된다고 허락받았어."

"가고 싶은 데는 있니?"

"바다 보고 싶어."

"바다?"

"응! 회도 사 먹고, 모래도 밟아 보고 싶어."

"알았다. 그러자."

"ㅎㅎㅎㅎ."

저렇게 좋을까?

아파트 앞에서 헤어진 다음 집에 들어가자 미쉘에게서 전화가 있었다. 내일 오전 11시에 호텔에서 디아이 인수 계약에 참석하는지를 확인하는 전화였다.

강대경이 일찍 들어와서 셋이 식탁에 앉았는데 저녁은 삼겹살이었다.

아파트에 강찬을 부러워한다는 아주머니들 이야기와 쉐프가 슬슬 입소문을 탄다는 등의 이야기를 나누며 식사를 마쳤다.

고기 냄새만큼이나 집 안에 행복이 가득했다.

밥을 먹고 거실에서 함께 과일까지 먹은 다음 방에 들어왔을 때였다. 기다렸다는 듯 전화가 울렸다.

웅웅웅. 웅웅웅. 웅웅웅.

{111-1111-1111}

전화기에서 나온 벌레가 행복을 좀 먹는 느낌이었다.

한편으론 샤흐란의 인생도 더럽게 불쌍하구나 하는 생각도 들었다. 저 불쌍한 새끼는 가족끼리 삼겹살을 구워 먹는 행복을 알 리가 없다.

하기야 프랑스에는 삼겹살이 없다.

그만 좀 받으라고 전화가 몸을 사정없이 떨어 댔다.

"여보세요?"

[결심이 섰나?]

"이틀쯤 시간이 필요해."

[남은 시간이 별로 없어.]

"알았다."

[그럼 이틀 후에 전화하지.]

"샤흐란."

강찬은 전화를 끊으려는 샤흐란을 붙들었다.

"이백억을 먼저 보내지는 않을 거고. 어떻게 그 돈을 보장하지?"

낮에 생각해 두었던 질문이다. 샤흐란이라면 이쪽에서 이 정도는 궁금해 줘야 한다.

[결심이 서면 방법을 알려 주지.]

"방법이 먼저야, 샤흐란. 우리가 그렇게 신뢰하는 사이는 아니잖아."

[스위스 계좌를 넘겨줄 거다.]

"돈을 꺼내기 전에 비밀번호를 바꾸면 끝나는 일이야. 그 큰돈을 넘겨올 방법도 없고. 좀 더 확실한 방법이었으면 좋겠어."

잠시 침묵이 흘렀다.

[라노크가 뭐라고 지껄였는지는 모르지만 이번에 그를 잡는다면 네가 상상하지 못하는 엄청난 일이 일어나. 유럽 전체의 판도가 달라진다. 강찬.]

"그건 유럽 놈들끼리 알아서 할 일이고 난 이백억을 어떻게 받느냐가 중요해. 내 손에 쥐어질 돈, 그리고 이후에 보장받을 안전. 내가 라노크를 팔아도 네놈들이 못 잡으면 난 돈도 못 받고 양쪽에서 쫓기는 신세가 되는 거거든. 날 그렇게 어수룩하게 대하지 마, 샤흐란."

[흐- 흠, 그 정도라면 좀 더 확실한 방법을 알아보도록 하지.]

"이틀 후에 전화할 때 그 방법을 들었으면 좋겠어."

급작스럽게 전화가 뚝 끊겼다. 이 새끼는 전화 매너부터 배울 필요가 있었다.

'약 오를 거다.'

샤흐란은 긁어 대는 걸 참지 못한다.

뭐든 제 놈이 끌고 가야지, 이쪽에서 주도권을 잡고 흔드는 꼴을 이겨 내지 못하는 놈.

200억이면 돈가스가 몇 개인 거지? 개코나 얼마나 많은 돈인지도 모르겠다.

전혀 욕심나지 않는 돈이다.

지금 강찬에게 필요한 이유도 없다.

통장에 들어 있는 돈 중에도 용병 때 받은 월급 말고는 가치도 느껴지지 않는 참이다.

열흘 언저리.

라노크를 미끼로 삼든, 김태진이 잡아내든 샤흐란만 잡으면 된다.

쫓고 쫓기는 싸움.

강찬은 샤흐란을 노리고, 샤흐란은 라노크를 노리는데 라노크는 강찬을 이용하는 엿 같은 관계. 거기에 모가지 귀신, 위민국과 김태진이 부록으로 끼었다.

어설프게 싸우는 게 아니라 서로 목숨을 노리는 거다.

'빨리 끝내자, 샤흐란.'

강찬도 길게 끌고 싶지 않았다.

제4장

사업?

목요일 새벽.

아파트 공터는 평화로워 보였다.

그러나 강찬은 쥐새끼처럼 숨어서 기회를 노리는 교활한 적과 전쟁 중이다.

먼저 숨을 크게 들이쉬며 각오를 다졌다. 그런 다음, 가볍게 몸을 풀고 아파트 밖으로 달려 나갔다.

'와라! 언제고 환영이다.'

저격? 기습?

라노크를 노리고 열흘 안에 몸을 빼야 하는 놈이 대한민국 한복판에서 총을 쏴?

강찬이 죽는 대신 방송과 검찰이 대대적으로 나설 일이다.

대한민국, 총기 없는 건 정말 좋다.

젠장!

생각을 마치는 순간에 총 맞은 것처럼 옆구리, 허리, 등에 짜릿한 통증이 몰려왔다. 이 고비가 칼을 들고 맞섰을 때 살아나는 경계선이다.

강찬은 당연하게 고통을 싹 무시했다. 철사로 칼을 묶어야 할 정도의 체력으론 소중한 사람을 지키기 어렵다.

"헉헉."

숨도 가빠 왔다.

달리기는 참 묘하다. 며칠만 쉬면 예전의 경계가 어디였는지를 또렷하게 알려 준다.

'맘대로 해!'

곪으면 소독하고, 통증은 무시하면 그만이다.

5킬로미터를 넘어가자 숨이 터졌다.

"헉헉. 헉헉."

아파트의 공원으로 돌아온 강찬은 땀을 비 오듯 흘렸다.

강찬은 5분가량 몸을 풀어 준 다음 계단을 이용해 올라갔다. 엘리베이터에 땀 냄새를 풍기기 싫었고, 더워진 몸을 서서히 식힐 필요도 있었다.

문을 열고 들어가자 아침을 준비하던 유혜숙과 막 일어난 듯한 강대경이 그를 맞아 주었다.

"어머! 저 땀 좀 봐."

유혜숙은 체대 입시를 위해 강찬이 달린다고 여기는 눈치였다.

"얼마나 달리니?"

"10킬로미터쯤 돼요."

강대경이 화들짝 놀란 눈을 했다.

"나는 따라 뛰다가 쓰러지겠구나."

"설마요. 대신 걷는 운동부터 하실 필요는 있지요."

"그렇구나."

몇 마디 대화로 강대경이 새벽 운동에 따라 나올 위험이 현저히 줄어들었다.

"씻고 나올게요."

"그래, 아들. 엄마가 아침 맛있게 해 줄게."

"예. 기대할게요."

말 한마디에 고마워하는 유혜숙이다. 그걸 알고 나서는 꼬박꼬박 답을 하게 되었다. 다른 사람에게 행복과 감사, 사랑이란 감정을 전해 주는 사람.

강찬은 가능한 한 빨리 샤흐란을 해결해야겠다는 생각을 품으며 욕실로 향했다. 세차게 뿜어지는 찬물을 뒤집어쓰자 불이라도 난 것처럼 화끈거리던 통증이 조금은 가라앉았다.

'무리한 건가?'

강찬은 곧장 고개를 저었다.

아프리카였다면 절대로 이런 생각 하지 않았을 거다.

머리를 말리고 거울을 보았다.

어느새 지금의 얼굴에 익숙해져서 과거의 모습이 흐릿했다. 대신 눈빛만큼은 도저히 고등학생으로 보이지 않았다.

강찬은 세면대에 팔을 걸치고 거울을 들여다보았다.

"이 말이 들린다면 지금까지의 일도 다 알고 있겠지? 최선을 다하는 거다. 엄마, 아버지를 빼앗았다고 생각하지 말고 다 같이 행복해지는 길을 찾아가는 거라 이해해 다오."

처음과 다르게 낯간지럽고 어색했지만 적어도 감정만큼은 전달하고 싶었다. 하기야 말을 알아들을 정도면 지금까지 어떤 생각으로 견뎠는지도 잘 알겠지만 말이다.

씻고 나왔을 때는 마침 아침 준비가 끝나 있었다.

"오늘은 뭐할 거니?"

"저녁까지 약속이 좀 있어서 나가 보려고요. 왜요?"

식탁에 앉아 강대경을 시작으로 밥을 먹기 시작했다.

"스미든 지사장을 만나 보려고. 이쪽 주문이 늘어나는데 이 양반이 이상하게 꼼짝을 안 하는구나. 혹시 통역이 못마땅한가 싶어서 너랑 둘이 한번 찾아가 볼까 했지."

"그러세요? 그런데 꼭 스미든 지사장이 뭔가를 해 줘야 하나요?"

"차량 주문서에 지사장 사인이 반드시 들어가야 하거든. 주문이 밀려오는 게 상상 이상이어서 본사의 도움도 좀 받아야 하고."

"그 정도예요?"

"아빠 능력 있으셔, 아들."

뿌듯해하는 유혜숙의 얼굴이 보기 좋았다.

"어이구? 당신이 웬일로 내 칭찬을 다해?"

"여보!"

"아니다, 아니야. 얼른 먹자, 먹어."

강대경이 짓궂은 눈빛으로 강찬과 눈을 마주쳤다.

"제가 한번 전화해 볼게요."

"네가?"

"예. 지난번에 명함 받은 것도 있고, 계약 잘 끝내게 해 줘서 고맙다는 인사도 했었거든요. 한 번쯤 따로 약속 잡는 건 그렇게 어렵지 않을 거예요."

"그럼 좋지."

강대경이 김칫국을 다 먹이시 유혜숙이 국을 더 가져나 주었다.

"그런데 당장 차가 몇 대나 더 필요한 거예요?"

"글쎄다. 지난번 들여온 차들이 모두 전시용이나 시승차로 사용돼서 당장 이백 대는 있어야 할 거 같다."

"와!"

강찬과 유혜숙이 놀란 얼굴을 하자 강대경이 별거 아니란 듯 고개를 저었다.

사업? • 143

"그렇게 감탄할 정도는 아니고."
"그런 건가요? 그래도 대단하신 거 아녜요?"
"다들 지켜보는 정도? 꼭 그 정도일 거다."
기분 좋게 식사를 마쳤다.
11시에 호텔에서 인수 계약을 하기로 했는데 약속 장소가 하필이면 남산호텔이었다.
강대경이 출근한 후에 강찬은 전화를 들었다.
[하이! 차니.]
"어디냐?"
[집이요. 그날 이후로 밖에 한 번도 안 나갔어요.]
이 새끼는 틀림없이 오래오래 살 거다.
"강유모터스 차량 주문서에 네 사인이 필요하다더라. 그냥 몇 장 더 넉넉하게 해 줘. 그리고 오늘부터 사람 많은 곳 위주로 살살 다녀라. 당장 타깃이 네가 아닌 거 같으니까."
[정말 괜찮겠소?]
"이 주 안으로 다 끝날 것 같다. 그때까지만 조심해. 아, 참! 그리고 공트 본사에 전화해서 여기 주문 차량 좀 빨리 보내 달라고 해."
[오케이, 차니. 바로 전화하지요.]
"사인 먼저 하는 거 잊지 말고."
[당장 강유모터스에 전화해서 서류 가져오라고 합니다. 그리고 사인하는 즉시 본사에 전화하겠소.]

"알았다. 다친 덴 좀 괜찮냐?"

[외출해도 되면 오늘 병원 가서 의안을 넣겠소. 그럼 인물이 확 살아날 거요.]

미안하라고 이런 소릴 하나?

"알았다."

[차니.]

전화를 끊으려는데 스미든이 강찬을 불렀다.

[나 한국어 어학원 신청해도 되겠소?]

아니다. 이 새끼는 원래 속이 없는 거다.

"이 주만 기다려. 그 시간이 지나면 괜찮을 거야."

[오케이, 차니.]

전화를 끊고 나자 한숨이 푹 나왔다. 그사이, 같이 있는 여자가 싫증났거나 새로운 여자 생각이 난 게 틀림없었다.

⚜　　⚜　　⚜

석강호와 통화를 하고 시간을 보내다 10시가 조금 못 돼서 집을 나섰다. 날이 날이니만큼 편안해 보이는 재킷도 입었다.

은행에 들러 5억짜리 수표를 찾아서 곧바로 호텔로 향했다.

남산호텔 지하의 비즈니스센터 회의실.

변호사 사무실이나 디아이 사무실이 훨씬 편하고 좋으련만 미쉘답지 않은 일 처리였다.

강찬이 호텔에 내려 약속된 장소에 들어서자 이미 많은 사람들이 그곳에 있었다.

"차니!"

미쉘이 강찬을 안고 양 볼에 요란스럽게 뽀뽀를 했다.

"인사해, 차니. 디아이 김성길 대표이사. 오늘 이 호텔을 일부러 예약하셨어."

김성길이 일어나서 거슬리는 동작으로 손을 내밀었다.

커다란 대가리, 부리부리한 눈, 굵직한 목과 몸통이 영락없이 전직 깡패 출신임을 증명하는 것처럼 보였다.

"이분이 김선일 부사장님."

"김선일이요."

놈이 아니꼬운 빛을 감추지 않은 채로 손을 내밀었다.

"계약을 담당해 주실 태양 법무법인 최영 변호사."

3명과 인사를 마치자 미쉘이 여자 셋을 향해 몸을 돌렸다.

"여기가 소속 연기자 세 명이야. 소연이는 그전에 봤고. 여기는 이하연, 성소미. 그 외에 다른 연습생과 직원들은 계약 끝나면 바로 만나기로 했어."

진한 화장의 이하연과 성소미가 고개를 까딱하고 자리에 앉았다.

복잡한 인사가 끝나고 강찬이 가운데 앉았는데, 그때까지 서 있는 사람은 미쉘과 은소연이 전부였다.

강찬의 좌로 최영 변호사, 우로 미쉘이 앉았다.

"계약서는 내가 변호사님과 다 검토했어."

최영 변호사가 강찬과 김성길의 앞으로 계약서를 내밀어 주었다.

이걸 지금 본다고 달라질 것도 아니고.

강찬은 말없이 품에서 5억짜리 수표를 꺼내 미쉘에게 건네주었다.

"어린 양반이 돈이 많네."

김성길이 이죽거리는 투로 말을 던졌다.

다른 곳에서 봤으면 분명히 시비를 거는 걸로 알았을 만큼 불만 가득한 말투였다.

피식.

강찬이 특유의 웃음을 짓자 한순간에 분위기가 싸해졌다.

"어디에 사인하면 됩니까?"

강찬은 빨리 끝내고 싶었다.

"도장 안 가져오셨나요?"

젊은 변호사 최영이 당황스러운 투로 물어보았다.

"아뇨. 그냥 사인하면 되는 줄 알았는데요."

"허, 세상 참."

이번에는 부사장 김선일이 아니꼬운 시선을 강찬에게 보

냈다.

이 새끼들이 미친 건가?

누가 보면 회사를 뺏기는 놈들인 줄 알겠다.

"미쉘, 저 사람들이 프랑스 말 알아?"

"아니, 왜?"

강찬이 프랑스어로 말을 하자 다들 놀란 눈으로 보았다.

"뭔가 불만이 있는 거 같은데, 불편한 계약이면 이거 하지 마."

강찬과 달리 미쉘은 그나마 미소를 잃지 않았다.

"얘네들 지금 많이 아쉬울 거야. 드라마 제작하다가 망가졌거든. 들인 만큼 가져가는 건데, 투자를 받으려고 버둥대다 파는 거니까 심사가 틀어진 거지. 보기에도 거친 사람들이잖아. 팔기로 해 놓고도 사실은 차니가 투자해 줬으면 하는 욕심이 있을 거야."

강찬은 고개를 끄덕인 다음, 최영 변호사를 보았다.

"사인으로 안 됩니까?"

"인수자야 상관없죠. 나중에 공증을 위해서 신분증과 인감을 따로 주셔야 합니다."

"그렇게 하죠."

강찬은 최영이 손으로 짚어 준 곳에 사인을 했다. 불편한 심정을 털어 내기 위해 숨을 내쉬며 펜을 미쉘에게 건네주었을 때였다.

"어이, 인수자님."

김성길이 걸쭉한 목소리로 강찬을 불렀다.

"가급적으루다가 지금 남은 직원들은 자르지 마쇼."

이건 또 뭔 소리지?

강찬은 미쉘을 먼저 보았다.

"직원 고용 승계는 계약 조건에 없는데요?"

"그르니까 부탁하는 거 아뇨."

존대도 아니고 그렇다고 반말도 아닌 묘한 말투였다.

"알았어요. 가능한 한 그렇게 하지요."

미쉘이 대답하자 김성길이 검지로 계약서를 가리켰다.

"거 괜찮으면 계약서에 자필로 적어 주쇼."

강찬은 피식 웃으며 김성길을 보았다.

여기까지다.

이런 양아치 새끼들이 손해 보면서 넘겼다고 우겨 댈 회사, 인수해 봐야 뒤만 불편할 거고, 또 이렇게까지 해서 인수하고 싶은 마음도 없었다.

"그만하자."

강찬은 탁자에 두었던 수표를 들어 품에 넣었다. 그러고는 사인한 계약서를 잡고 가로세로로 시원하게 찢어 버렸다.

"너 뭐하냐? 지금?"

피식.

강찬이 웃자 김성길이 의자의 상체를 젖히며 고개를 뒤틀었다.

"꼬마야, 어린 게 돈 좀 있다고 뵈는 게 없나 본데, 이제는 이 회사 십억에 사 줘야것다."

 은소연이 울 듯한 얼굴로 미쉘을 보았다. 전에 미쉘이 안타까워하던 여자다.

 강찬은 내심 고개를 저었다.

 미쉘이 저 여자 하나 구하자고 5억을 쓰게 할 멍청이는 아니겠지만, 적어도 일 처리를 엿같이 한 것만은 분명했다.

 이건 아니다.

 강찬이 일어나려고 할 때였다.

"네가 나를 잘 모르나 본데 이 바닥에서 나 무시하고 힘들어. 보쇼, 미쉘 기자. 잘 알 거 아뇨? 그러니까 좋게 말할 때 십억에 인수하거나, 아니면 우릴 가지고 논 대가루다가 오억 놓고 가쇼. 그럼 우리가 드라마 제작해서 따블로 디릴게."

 이미 엎질러진 물이다. 미쉘도 불쾌한 얼굴로 김성길을 노려보았다.

 얘는 화낼 때 정말 예쁘구나.

 엉뚱한 생각에 강찬은 피식 웃고 자리에서 일어났다.

 그런데 화장이 요란한 다른 두 계집애가 묘하게 웃는 것이 보였다.

허은실. 딱 그년이 학교 앞에서 '존만아.'라고 할 때와 같은 웃음이었다.
"더 있을래? 같이 나갈래?"
강찬이 미쉘에게 질문을 던진 다음이었다.
"앉아!"
김성길이 의자에 왼쪽 팔을 걸치고 으르렁거렸다.
비즈니스센터에 있는 옆쪽 회의실에서 고개가 불쑥 나오고, 입구 카운터의 직원이 급하게 다가왔다.
"아! 미안허요. 조용히 할라니까 그만 가서 일 보쇼."
이러다 괜히 일 내지.
김성길이 어르고 뺨치는 것에 상관없이 강찬은 걸음을 옮겼다. 미쉘이 가방을 챙기는 동안이었다.
김선일이 급하게 입구를 막았다.
'후우, 왜 이런 일이 자꾸 생기지?'
"우리 대표님 아직 말씀 안 끝났잖아, 이 씨……."
퍼억!
"컥!"
옆구리를 뾰족한 주먹으로 찍자 김선일이 상체를 구부렸다.
강찬은 놈의 머리를 움켜쥔 채로 당겨서 김성길이 나올 공간을 막았다.
퍼억. 퍼억. 퍼억.

손을 적당히 구부려 손바닥 안쪽으로 얼굴을 올려치자 두 번 만에 피가 사방으로 튀었다.

"야 이, 개새끼야!"

김성길이 탁자에 올라서는 순간이었다.

강찬은 김선일을 던지고 몸을 비틀어 오른팔로 놈의 다리를 걷어찼다.

와당탕. 콰자작!

두꺼운 탁자에서 넘어진 김성길이 바닥에 떨어지며 의자를 박살냈다.

미쉘은 질려서 벽에 붙었고, 최영 변호사는 회의실 가장 안쪽에서 계집애 셋과 벽을 향해 서 있었다.

"끄응!"

강찬은 몸을 일으키려는 김성길의 어깨를 오른발로 세차게 찍어 버렸다.

콰자작.

"끄아악!"

옆 회의실에서 튀어나왔던 사람들이 카펫에 튄 피와 살벌한 풍경에 서둘러 몸을 피했다.

고작 이런 새끼들이 하는 회사를 인수하게 해?

강찬은 미쉘을 날카롭게 노려본 다음 피투성이가 된 김선일의 머리를 움켜쥐었다.

그때였다.

"하지 마세요."

은소연이 떨리는 음성으로 강찬을 말렸다. 다른 두 년은 얼굴을 가리기 위해 벽에 대가리를 처박고 있는데 말이다.

정신 빠진 년. 이런 엿 같은 새끼들 밑에 있었으면서 착한 척은.

퍼억! 퍼억! 퍼억!

몸이 예전 용병 수준을 회복해서 매질에 제대로 힘이 실렸다.

"손님!"

꼭 3대를 때렸을 때 보안요원인 듯한 건장한 놈 둘이 강찬에게 달려들었다.

이미 눈이 뒤집힌 다음이다.

강찬은 날카롭게 놈들을 노려보았다.

"안녕하십니까? 형님!"

그런데 지랄 맞게도 두 놈이 다급하게 물러나 싱체를 깊숙하게 숙이며 인사했다.

당황스러운 장면이었다.

"도석이 형님 모시던 주철범입니다, 형님."

젠장.

비즈니스센터에서 볼일 보다 들킨 것처럼 찜찜한 느낌이었다.

털썩.

강찬은 잡고 있던 김선일의 대가리를 벽으로 밀어 버렸다.

"너는 여기 손님들 전부 위층 회의실로 모셔. 비용은 회사에서 지불하는 걸로 하고, VIP 숙박권 두 매씩 드리고."

"알겠습니다."

지시를 마친 주철범이 입구를 막아섰다.

칸막이가 완벽하게 막혀서 안쪽을 들여다보는 사람은 없었다.

강찬이 화를 삭이는 동안 지하 비즈니스센터가 모두 비워졌다.

"이 새끼들이 형님께 대들었습니까?"

"쓸데없는 소리 말고 가라."

"그게 아니고, 형님. 이 새끼들이 부탁해서 회의실 내준 거라 그렇습니다, 형님. 예전에 생활 접은 놈들인데 아는 사이라 사정을 봐줬거든 말입니다, 형님. 언짢으신 게 있으시면 제 선에서 알아서 하겠습니다, 형님."

말을 마친 주철범이 피투성이인 김선일의 머리통을 발로 툭툭 찼다.

"빨리 일어나 인사드려, 이 새끼야. 광택이 형님 친구분 되셔."

손바닥 안쪽으로 피를 닦던 김선일이 움찔하며 강찬을 보았다.

"이 병신 같은 새끼들아, 이 형님 오시는 줄 알았으면 말을 해얄 거 아냐. 이래서 생활 접은 새끼들은 챙겨 주는 게 아닌데. 너흰 이따 좀 보자."

두 놈이 쭈뼛쭈뼛 일어나 강찬에게 깊게 허리를 숙이며 인사했다.

"형님, 광택이 형님께 안 들어가게 제가 알아서 하겠습니다. 그리고 우선 저쪽으로 옮기시죠, 형님."

"됐고. 갈 테니까, 이 새끼들 병원비하고 여기 비우느라고 들어간 돈 바로 보내. 오늘 중으로 연락 안 하면 내가 광택이 직접 찾아갈 테니까 알아서 하고."

주철범이 난처한 얼굴로 한 걸음 물러섰다.

"한 번만 살려 주십쇼, 형님. 애들이 봐서 광택이 형님 아시면 저 여기서 쫓겨납니다, 형님."

형님 소리를 하도 빠르게 들으니까 멀미가 나는 느낌이었다.

그때였다.

"형님, 몰라뵙고 그랬습니다. 한 번만 눈감아 주시고, 회사 인수해 주시면 감사하겠습니다, 형님."

김성길이 어깨를 부여안은 채 허리를 깊게 숙였다.

지랄.

강찬은 아예 쳐다도 보기 싫었다.

"이대로 가시면 광택이 형님 눈 밖에 나서 아무도 회사

안 삽니다, 형님."

 김선일이 피범벅인 코밑을 손바닥으로 닦으면서 급하게 강찬에게 매달렸다.

 하여간 깡패 새끼들은 항상 이렇다. 처맞고 나야 사람 새끼들처럼 행동하는 거.

 강찬은 판단이 서질 않아 미쉘을 보았다.

 그런데 미쉘이 고개를 떨어트리는 것을 보자 마음이 좋지 않았다. 살피지도 않고 인수하라고 시원하게 말한 잘못도 있는 거다.

 원래는 이럴 사이도 아니다.

 기껏 부탁해 놓고 일이 꼬이자 화를 내는 모습이 비겁하게 느껴졌다.

 "변호사님, 내가 인수하는 겁니다. 인수자 사인은 미쉘이 대신하는 걸로 하고 인수됩니까?"

 "예. 문제없이 처리하겠습니다."

 최영이 빠릿빠릿하게 답을 했다.

 강찬은 다시 김성길을 보았다.

 "마지막이다. 조건 달 거 있으면 지금 말해. 비겁하게 뒤에서 한마디라도 들리면……."

 말이 너무 나갔다. 뒷말이 들리면 가서 때려 주는 거 말고 할 것도 없다.

 "감사합니다, 형님."

그나마 김성길이 얼른 말을 받아 주어서 다행이었다.

강찬은 품에서 수표를 꺼내 미쉘에게 건네주었다.

"화내서 미안하다."

"아냐, 차니. 일을 이렇게 만들어서 미안해."

"라운지에서 커피 마시고 있을 테니까 끝나면 그리로 와."

"오케이."

미쉘이 고개를 끄덕이며 어색하게 웃었다.

확실히 얘는 화낼 때가 웃을 때보다 백 배쯤 예쁘다.

강찬이 회의실 입구쯤 나올 때 '쫘악!' 하고 따귀 때리는 소리와 '너 이 개새끼, 나중에 봐.' 하는 주철범의 목소리가 들렸다.

라운지에 들어서자 매니저가 급하게 자리로 안내했다.

이래서 이 호텔이 싫었다.

커피를 시켜 놓고 왜 이렇게 화가 치미는지 잠시 생각해 보았다.

빌어먹을.

석강호가 담배를 끊었다고 해서 얼결에 담배를 참은 거다.

전에 아프리카에서 한 번 끊은 적이 있는데 그때도 비슷했다. 작은 일에도 워낙 분통을 터트리니까 다예루와 대원들 몇 놈이 담배를 가져와서 제발 피우라고 통사정을 한 적도 있었다.

커피가 도착해서 한 모금 마셨는데 전화가 울렸다.
누구야!
짜증이 불쑥 올라와서 전화기를 들었다.
"예, 대사님."
[무슈 강, 오늘 저녁 다섯 시에 남산호텔을 예약해 두었는데 시간 괜찮은가요?]
염병. 뭔 수를 내야지, 이상하게 이 호텔로 꼬인다.
"알겠습니다, 대사님."
[그럼 다섯 시에 보지요.]
전화를 끊은 강찬은 샤흐란을 잡을 때까지는 담배를 피워야겠다고 생각했다.
강찬이 커피 잔을 들었을 때였다. 미쉘과 여자 셋이 라운지로 향하는 것이 보였다.
사람들의 시선이 모조리 4명의 여자에게 쏠려 있었다.
강찬을 향해 오는 네 여자의 표정이 각양각색이었다.
반갑고 미안한 미쉘, 놀라고 기쁜 은소연, 의심스럽고 싸가지 없는 이하연, 그리고 마지막으로 이하연을 고대로 흉내 내는 성소미.
"차니, 계약 끝냈어."
"고생했다. 미안하고."
네 여자를 따라온 시선이 돌아갈 줄 몰랐다.
"차니, 연습생들하고 직원들 이리로 오고 있을 텐데 어떻게 할까?"

"다 같이 점심이나 먹자."

좋아서가 아니라 오고 있는 걸 굳이 돌아가라고 하고 싶지 않아서 한 답이었다.

"잘 부탁드려요."

은소연이 목례로 인사하자 남은 두 년이 비릿한 표정을 지었다. 아니꼬운데 주먹질한 거, 주철범이 깍듯이 고개 숙인 것 때문에 대놓고 표시 내지는 못하는 얼굴이었다.

은소연도 싫은 판에 저런 년들한테 인사받고 싶지도 않았다. 막말로 나이 먹은 허은실 둘과 마주 앉은 느낌이라 기분도 별로였다.

직원이 와서 차를 주문하는 동안 미쉘이 통화를 마쳤다.

"거의 다 왔대."

"점심은 뭐로 먹을래?"

"여기 일식집 좋아요."

미운 년은 뭘 해도 밉다.

"예약 안 하고 괜찮을까?"

이하연이 툭 튀어나와서 제 취향을 말하자 미쉘이 고개를 갸웃했다.

"여기 직원에게 알아보면 되죠."

은소연이 못마땅한 기색을 감추는 게 보였다. 게다가 미쉘도 별로 내키지 않는 눈치고.

"무슨 일이야? 일식집에 가는 게 불편한 거야?"

강찬이 불어로 묻자 미쉘이 반가운 얼굴로 답을 했다.

"쟤 일부러 저러는 걸 거야. 나오는 직원들이랑 연습생 숫자가 많거든. 여기 셋 중에 제일 잘나가는 데다 차니가 나이 어리고 하니까 세게 나오는 거? 그런 거."

나쁜 년 둘이 강찬을 신기한 눈으로 쳐다보았다.

"그러니까 숫자가 많은 거랑 일식집에 가는 게 무슨 상관이냐구?"

"차니, 거기 정말 가격이 비싸. 다 같이 뷔페나 레스토랑 가는 것보다 대략 다섯 배쯤 나올 수도 있어. 그럼 밥값만 오백만 원이 넘게 드는 거야."

강찬은 이제야 이하연이 왜 저 지랄로 일식집을 가고 싶어 했는지 알았다.

"그런데 저건 계약이 오래 남았니? 그냥 내보내."

"그럼 당장 회사 유지가 어려워져, 차니. 쟤가 있어서 연습생이랑 회사가 유지된다고 생각해야 돼. 일 년 뒤면 쟤 계약이 끝나거든. 그래서 더 그럴 거야. 몸값이 많이 뛰었어."

강찬이 피식 웃으며 시선을 주자 이하연이 딱 허은실처럼 웃었다. 학교 옥상이나 트론스퀘어에 꼭 한 번 데려가고 싶었다.

"계약 해지하는 데 문제는 없고?"

"위험한 생각이야, 차니. 이건 사업이잖아. 아니꼬운 것도 참고 해야 돈이 돼."

"알았으니까, 계약 해지하는 데 문제 있어, 없어?"

"없어. 대신 회사 경비로 한 달에 삼천만 원 정도는 더 필요할 거야, 차니."

"알았다."

강찬은 대화를 마치고 커피를 한 모금 마신 다음 고개를 들었다.

양손을 앞에 모은 채 서 있던 지배인이 눈이 마주친 순간에 정중하게 다가왔다.

"일식집에 자리가 있는지 알아봐 줄래요?"

"몇 분 자리로 준비할까요?"

강찬이 미쉘을 보았다.

"직원하고 연습생까지 전부 이십 명 정도 돼요."

"알아보고 말씀드리겠습니다."

지배인이 입구로 향한 다음이었다.

이하연이 입에 댔던 잔의 입술 자국을 엄지로 닦으며 강찬을 보았다.

"돈이 많으신가 봐요?"

"그것도 모르고 일식집 가자고 했어?"

이하연의 눈 끝이 꿈틀했다.

"고등학생이라고 들었어요."

"그래서?"

분위기가 냉랭해졌으나 상관없었다. 허은실처럼 나오면 그녀처럼 대해 주면 그만이다.

이하연이 인상을 찌푸리며 고개를 모로 틀었다.

"사무실은 청담동에 있어."

"알았다."

짧게 대답을 했을 때 15명 정도 되는 인원이 우르르 들어왔다. 한눈에 봐도 직원과 연습생들이 틀림없었다.

미쉘이 일어서서 손짓을 하자 몇몇이 인사를 하며 라운지로 몰려왔다.

북적이고 자리도 없는 참이다.

"자리를 준비했습니다. 그리로 가실지 차를 드실지 정해 주시면 준비하겠습니다."

지배인이 눈치껏 다가와서 강찬에게 말을 건넸다.

당연히 식당으로 가면 된다.

강찬을 시작으로 다 같이 회의실 반대쪽의 일식당으로 내려갔다.

직원들과 연습생들이 각자 다른 표정으로 강찬을 살피고 무슨 일이냐는 투로 눈짓을 주고받았다.

계단을 내려서자 돌로 만든 장식물이 주둥이로 물을 뱉어내며 강찬을 맞았다.

"어서 오세요. 모시게 되어 영광입니다."

나이가 있는 여자 지배인이 공손하게 강찬을 맞았다.

가장 안쪽으로 들어가자 칸막이로 만든 공간에 탁자가 여러 개 붙어 있었다.

 강찬이 가운데 앉고 옆으로 미쉘, 은소연이 앉았으며 맞은편에 나이가 있는 남자 셋과 다시 덩치가 있는 사내놈 셋이 앉았다.

 이하연과 성소미가 대각선 자리에 앉았는데, 남은 빈자리에 청바지에 티를 입은 어린애들이 쭉 앉았다. 신기할 정도로 여자아이들뿐이었다.

 물수건과 차가 나오는 동안 미쉘이 앞에 앉은 사람을 가리켰다.

"이분이 임수성 실장님."

 거인이란 표현이 맞을 정도로 체구가 커다란 남자가 고개를 숙여 보였다.

"김재태 부장님. 그리고 옆으로 로드 매니저를 하는 분들이야."

 편하게 앉아서 고개만 숙여 인사했다.

"저쪽이 코디, 메이크업, 그리고 남은 친구들이 연습생들."

"안녕하세요?"

 아직은 앳된 목소리로 하는 인사가 끝나자 지배인이 강찬에게 다가왔다.

"식사는 어떻게 준비할까요?"

강찬은 미셸을 보았다.

"우리 사시미 먹어요."

대각선에 앉은 미운 년이 사시미 같은 소리를 해 댔다.

"회로 주세요."

강찬은 아무 소리 않고 회를 시켰다.

"광택이 형님 친구분이라고 들었습니다."

주문이 끝나자 임수성이 거인들 특유의 울리는 음성으로 물었다.

"깡패세요?"

"그런 건 아니고 아는 사람들이 좀 있습니다."

난처한 얼굴을 하긴 했지만, 도전적인 눈빛은 아니었다.

불편한 자리다.

빨리 끝내고 담배를 피우고 싶었는데 이제 주문을 마친 참이다.

강찬은 미셸을 향해 프랑스어를 던졌다.

"미셸, 담배 하나 피우고 싶은데 혹시 있어?"

"응. 나도 생각났어. 우리 잠깐 나갔다 올까?"

"그러자."

외국어를 지껄이자 연습생들이 존경심 가득한 얼굴로 강찬을 보았다.

"잠깐만 나갔다 올게요."

미셸이 양해를 구하고 둘이서 계단을 올라와 현관 밖에

있는 흡연 장소로 갔다.

"여기."

찰칵.

"후우."

살 것 같았다. 갑자기 마음이 너그러워지면서 주먹만 날아들지 않는다면 어지간한 일은 양보할 것 같은 기분이 되었다.

"내일 통장으로 삼억 정도 보내 줄게. 그걸로 회사 운영해."

"차니, 그건 너무 큰돈이야."

"그리고 드라마 제작 하나 알아보고. 프랑스에서 사람이 건너올지도 몰라."

"프랑스에서?"

"드라마 제작 건이니까 가능하면 프랑스와 관련한 걸로 좀 알아보고."

미쉘이 고개를 짧게 저었다.

"드라마 제작하려면 이십억은 있어야 해, 차니."

이게 뭔 귀신이 예금 빼 가는 소리냐?

"인기 있는 주연배우들은 무조건 선금 던져야 하고 작가, 감독들도 전부 그래. 그래서 내가 이하연 데리고 있으려고 하는 거야. 걔가 나서면 아무래도 신뢰가 있으니까. 그리고 디아이는 아직 드라마 제작 실적이 없어서 김성길 대표가 투자를 못 받은 거야."

"그래서 얼마나 버는데?"

"터지면 대박, 깨지면 원금 다 날리는 거지."

강찬은 갑자기 담배 맛이 쓰게 느껴졌다.

그런데 라노크는 이걸 왜 탁월한 선택이라고 했지?

"알았다. 드라마 제작은 내가 따로 전화할게. 그럼 은소연인가 하는 애는 영 별 볼일 없는 거네?"

"이하연 데려가는 데 끼워 넣는 거지. 연습생도 그렇게 키우는 거고. 드라마를 우리가 제작하면 우리 마음대로 배역을 정하니까 은소연한테도 그런 게 기회가 돼, 차니."

더 알고 싶지 않아서 강찬은 입을 다물었다.

"그런데 아까 싸울 때 차니 정말 섹시하더라."

벽에 착 달라붙어서 벌벌 떨던 년이 할 소리는 아니다.

"밥 먹으러 가자."

"응, 차니."

미쉘이 기분 좋게 걷자 검은 재킷 사이로 풍만한 가슴이 흔들렸다. 딱 구경하는 것까지는 참 좋은 애다.

식당으로 돌아오자 깔끔한 형태의 음식이 탁자에 가득했다. 임수성 실장이 부탁해서 술을 주문했는데, 연습생들 중에는 음료수를 따르는 아이들이 많았다.

"한 말씀 하시죠."

"앞으로 미쉘이 실무를 담당할 겁니다. 여러분이 많이 도와주세요."

임수성의 권유에 강찬이 짧게 말하고 다 함께 잔을 비웠다. 그리고 본격적으로 음식을 먹기 시작했다.

강찬은 미쉘과 불어로 드라마 제작과 방송국의 생리에 관해 이야기를 나눴고, 간간이 임수성의 질문에 답을 했다.

그런데 연습생들은 아무래도 음식이 부족한 느낌이었다. 강찬은 좀 더 많은 양을 주문했다.

"정말 마음 놓고 먹어도 돼요?"

모르는 강찬이 보기에도 절대로 크게 성공할 것 같지 않은 여자아이가 조심스럽게 던진 질문이다.

"그래. 이왕 먹는 건데 마음 놓고 먹어."

강찬이 편하게 받아 주자 아이들끼리 메뉴판을 놓고 고르느라 소란이 있었다.

"쟤들은 얼마씩 받아?"

회를 집던 미쉘이 먼저 고개를 저었다.

"차비 정도만 줘. 다 같이 숙소 생활하는데, 주는 돈은 거의 없어."

"대신 헬스클럽하고 다른 비용을 회사가 부담합니다."

임수성이 말을 덧붙였다.

이 바닥이 그렇다면 그런 거겠지.

마음에 들지는 않았지만, 강찬은 당장 다른 소리를 하지는 않았다.

사업? • 167

얼추 2시간 가까이 걸린 식사였다.

비용이 제법 나오겠지만 굶주린 듯한 연습생들이 마음껏 먹는 모습이 좋았고, 반대로 불편한 얼굴로 앉아 있는 두 년을 더 보지 않아도 되는 반가움도 있었다.

얼핏 든 느낌은 약육강식이다.

이하연은 연습생들을 아예 천민처럼 대했으며, 매니저와 코디, 그리고 메이크업 직원들을 종 부리듯 했다.

물 한 잔, 술 한 잔을 제 손으로 따르는 법이 없어서 간장과 제 주둥이를 닦을 화장지까지 전부 주변에 있는 연습생들과 직원을 시킨다.

후식으로 나온 과일까지 모두 먹어서 아무튼, 길다면 긴 식사가 끝났다.

"차니는 이제 어디로 갈 거야?"

"여기서 다섯 시에 약속이 하나 더 있어."

"그럼 나랑 맥주 한잔 괜찮아?"

"그러자."

미쉘과 나누고 싶은 이야기도 더 있어서 굳이 거절할 일은 아니다.

"자! 다들 일어나자."

눈치를 살핀 임수성의 한마디에 모두 자리에서 일어났다.

"오늘 잘 먹었습니다."

그가 먼저 인사하자 연습생들이 '잘 먹었습니다.' 하며 합창하듯 외쳤다.

카운터에 있던 지배인이 황송한 표정으로 계산서를 내밀었다.

"임원 할인을 적용했습니다."

염병. 할인을 적용해서 530만 원이면 그냥은 도대체 얼마란 소리냐.

잘 먹고 이런 소리 하는 건 안 되겠지만, 유혜숙이 1년은 행복해할 약값이 한 끼에 들어갔다.

연습생들이 고개를 돌려 못 본 척 밖으로 빠져나갔다.

강찬은 카드를 내밀었다.

잠시 후다.

"한도가 자꾸 걸립니다."

별 개 같은 소리 다 듣는다.

"대표님, 카드 잔고가 없었나 봐요. 다른 카드는 없으세요?"

이하연과 성소미가 지켜보고 있다가 재미있다는 투로 웃자 '차니, 우선 이걸로 해.' 하며 미쉘이 제 카드를 꺼냈다.

아차! 이 카드는 한 번 결제에 5백만 원이 한도다.

"오백만 원씩 나눠서 계산해 봐 주세요."

"예."

지배인이 세련되게 카드를 처리하자 예상대로 결제되었다.

"감사합니다. 다음에 또 뵙겠습니다."

별로 보고 싶지 않았으나 강찬은 그저 웃어 주고 밖으로 나왔다.

"먼저 갈게요."

화장을 떡칠한 두 년이 가고, '다음에 뵙겠습니다.' 하는 임수성의 굵직한 인사가 있은 다음, '사장님, 안녕히 가세요.' 하는 합창이 있었다. 은소연은 마지막에 묻어서 인사했다.

마침내 다들 출발했다.

나이 든 허은실을 안 봐도 돼서 속이 다 후련했다.

미쉘이 눈치 있게 담배를 꺼내 주었다.

"법인 카드를 가져다줄게. 한도가 제법 높으니까 다음부턴 그걸 써. 개인적인 비용으로 사용한 건 운영비 보내 준 거에서 제하면 되니까 부담 갖지 말고."

"나중에 하자."

설마하니 또 이렇게 돈을 쓸 일이 있겠나.

강찬은 여유롭게 담배를 즐겼다.

로비 라운지로 돌아와 맥주를 한 병씩 주문하고 업무에 관해서 제대로 이야기를 나눴다.

드라마 제작은 라노크가 원하는 일이다.

강찬은 대놓고 말하지는 못했지만 일단 계획을 세우라고 지시했다.

"차니, 이렇게 부담 주려고 이 일을 하자는 건 아니었어."

미쉘은 아무래도 일을 너무 키운다고 생각하는 눈치였다.

"그리고 은소연은 확실히 괜찮은 아이야. 이대로 조금만 뒷받침해 주면 충분히 클 수 있는 아이고."

"생각한 게 있어서 그래. 그리고 난 은소연이 어찌 되든 상관없어. 그러니까 드라마 제작 진행해 주고 나머진 전부 미쉘이 알아서 해."

미쉘이 고개를 갸웃하더니 야릇하게 웃었다.

"왜?"

"혹시 차니, 이거 나 때문에 하는 거?"

라노크 때문에 하는 거! 그러나 그렇게 답을 하지는 못한다.

"돈 벌자고 하는 거다."

"그러지 말고 우리 방에 가서 얘기할까?"

금발을 찰랑거리며 미쉘이 눈을 깜박였다.

"맥주나 마셔."

잔을 부딪치며 강찬은 피식 웃고 말았다.

확실히 인형처럼 똑 떨어지는 얼굴과 몸매다. 그런데 왜 성적 충동이 일어나지는 않을까? 아닌 말로 미쉘과 백설 공주 둘 중 하나와 반드시 자야 한다면……?

웅웅웅. 웅웅웅. 웅웅웅.

생각이 멈췄다.

"여보세요?"

[차니, 스미든.]

"왜? 무슨 일이야?"

[본사 서류에 서명은 했고, 공트 본사와 이제 통화가 되었는데 쉬프가 인기가 높아서 한국 물량은 석 달 후에나 가능하겠다네요.]

"그렇다고 이백 대를 못 빼 줘?"

[한국 주문에 옵션이 많아서 그 정도 물량을 따로 빼기가 어렵답니다.]

그 비싼 차를 팔아 주는데 순서를 기다리라니.

"알았다."

[나 의안 넣었소. 거의 표시가 안 나요.]

"잘했다."

[저녁 먹고 들어갈 거요, 차니.]

"마음대로 하고. 공연히 엉뚱한 데 돌아다니지 말고 일찍 들어가라."

[오케이, 차니.]

이거야 애를 키우는 것도 아니고.

전화를 끊으면서 보니 아직 2시밖에 안 됐다.

3시간을 뭘 할까 할 때 미쉘의 뜨듯한 눈초리가 느껴졌다. 일단 애를 보내고 생각할 문제다.

"난 시간이 다 돼서 가 봐야겠다."

"서운해, 차니."

미쉘은 정말로 아쉬운 눈치였다.

"이제 자주 볼 거잖아."

"오케이. 자주자주 보자, 차니."

미쉘이 요란스러운 볼 인사를 마치고 떠나자 진심으로 홀가분해졌다.

강찬은 김태진에게 먼저 전화를 걸었다.

[여보세요?]

"강찬입니다. 통화 괜찮으세요?"

[물론이지. 어쩐 일이야?]

몇 번 보지 않았는데도 함께 군 생활이라도 한 것 같은 친근함이 느껴졌다.

"혹시 격투술 제대로 하는 직원이 있습니까?"

[다른 무술은 많은데 격투술하는 직원은 몇 없어. 있다고 해도 특선사 경력이라 사네 수준에선 형편없어 보일 거고. 왜? 좀 가르쳐 볼 생각이 들었어?]

너무 반가워하는 목소리라 마음에 걸렸지만, 어차피 실력이 느는 일일 거다.

"그럼 우선 몇 명만 학교로 보내 주세요. 같이 운동하면서 가르쳐 보죠."

[하! 어제 꿈이 좋았나? 이런 일이 다 생기네. 알았다. 내 그나마 좀 나은 직원들로 넷 정도 보내지.]

"그러세요. 그리고 다른 소식은 없나요?"

[조만간 꼬리가 잡힐 것도 같아.]

"알겠습니다. 수고하세요."

전화를 끊은 강찬은 만족한 웃음을 웃었다. 석강호의 훌륭한 대련 상대를 구한 거다.

강찬은 편안하게 앉아 담배 피울 곳이 필요했다.

어수선한 데 가서 앉아 있느니 차라리 라노크가 예약했다는 방에 가서 한숨 자는 게 좋지 않을까?

전화를 걸어 먼저 방에 있겠다고 하자 라노크는 순순히 예약자 이름을 알려 주었다.

프런트로 간 강찬은 예약자 이름을 대고 키를 받았다.

방에 올라가기 위해 엘리베이터를 타고 카드를 꽂은 다음 19층 버튼을 눌렀다.

그런데 생각해 보니 담배가 없었다.

문이 닫히기 직전에 내리는데, 누군가 불쑥 들어서다 어깨가 툭 부딪쳤다.

"미안합니다."

사과를 하며 빠져나온 강찬은 섬뜩한 느낌에 퍼뜩 시선을 돌렸다.

사내는 강찬을 똑바로 노려보고 있었다.

특수 훈련을 거쳐 사람을 여럿 죽여 본 자들만이 갖는 번들거리는 눈빛이었다.

시선을 피하지 않은 상태에서 스르륵 문이 닫혔다.

투숙객 엘리베이터는 카드 키가 없으면 위쪽 버튼을 누르지 못한다. 그래서 놈은 자신이 버튼을 누를 때까지 기다렸다가 마지막에 올라탄 거다.

좌측과 뒷면에 있는 엘리베이터는 1층과 멀리 떨어져 있었다.

'샤흐란?'

단순한 깡패 조직의 놈이 아니라 전문적인 훈련을 받은 놈이다. 다시 태어나서 처음 봤을 정도로 강렬한 눈빛이었다.

강찬은 로비를 가로지르며 전화를 걸었다. 벨이 울리는 동안 주변도 살폈다.

[무슈 강, 방에 도착했나요?]

"대사님, 특수 훈련을 받은 것 같은 자들이 호텔에 있습니다. 다른 곳으로 자리를 옮기시죠."

제5장

내 새끼

라노크는 잠시 침묵한 후에 입을 열었다.

[이 전화는 정보부에서도 도청이 어렵습니다. 호텔 예약을 제가 직접 했으니까, 그렇다면 내부에 적이 있는 거겠군요.]

강찬은 호텔의 현관 앞에 섰다.

솔직하게는 비상계단으로 뛰어 올라가서라도 놈을 잡고 싶었다. 하지만 지금은 냉정하게 움직여야 할 때였다.

"단순히 저를 노린 것일 수도 있지만, 샤흐란이 굳이 지금 저와 일을 벌이고 싶지는 않을 겁니다."

[특수 훈련을 받은 사람을 강찬 씨가 몰라볼 리도 없고, 혹시 동양인이었습니까?]

"예."

라노크는 다시 본래의 차분한 음성이었다.

[대사관도 도청에서 자유로울 수는 없습니다. 적당한 장소를 다시 찾아보는 것이 좋겠군요.]

"그렇다면 이동 중에 교통사고를 노릴지도 모릅니다."

[서울 시내에서 벤츠 방탄차를 들이받아서 즉사시킬 만한 곳은 드뭅니다, 무슈 강.]

마치 다른 사람의 일을 이야기하는 것처럼 편안한 음성이었다.

[무슈 강, 지금 남산호텔로 출발하겠습니다. 대신 새로 방을 예약해 주세요. 도착할 때 연락할 테니 입구에서 함께 올라가면 좋겠습니다.]

"위험하지 않겠습니까?"

[무슈 강의 실력이라면 죽지는 않을 것 같은데요.]

이 능구렁이가?

[미끼 역할을 제대로 해 보죠. 우리 쪽에 잘못된 정보를 두 개 흘려 놓겠습니다. 엉뚱한 곳에서 나타나는 자가 있다면 우선 내부의 적은 발견한 셈이니 충분히 시도할 가치는 있지요.]

"알겠습니다."

[대략 삼십 분 내로 도착할 겁니다.]

전화를 끊은 강찬이 날카롭게 주변을 둘러보았다.

특수 훈련을 받고 실전에 배치된 사람은 반드시 냄새를

풍긴다. 아프리카에 배치된 신병이 대개 그랬다.

거기서 서너 번의 전투를 거쳐 살아남으면 대략 10명 안팎을 죽였다는 의미가 된다. 그런 놈들은 눈이 쓸데없이 번들거리고 예민해진다. 위아래 모르고 달려들었다가 돼지게 얻어맞고 나면 '내가 왜 그랬을까?' 하고 후회하곤 한다.

다음 단계가 다예루와 같은 부류다.

항상 풀어져서 헬렐레하는 눈빛으로 돌아다니는데, 목표가 생길 때면 잔인할 정도로 눈이 번들거린다. 나무에 늘어져 낮잠 자던 표범이 사냥감을 발견한 듯한 느낌.

그래서 슬쩍 둘러봐도 7할은 맞춘다.

시선이 마주치면 9할.

어깨라도 부딪치면 오히려 틀리기가 어렵다. 몸이 반응한다.

툭 치는 순간에 몸 전체에 흐르는 날카로운 긴장이 서로에게 전달되는 거다.

강찬은 피식 웃으며 고개를 좌우로 꺾었다.

몸 상태가 아프리카 때와 거의 비슷해서 라노크의 안전만 아니라면 걸릴 것도 없다.

칼질을 할 때마다 조금씩 올라오던 몸이 달리기를 이겨내면서 정상을 찾기 시작한 느낌이었다.

강찬은 프런트로 가서 주철범을 불러 달라고 했다.

직원이 전화를 걸고 1분쯤 되었을 때 그가 급하게 강찬의 앞으로 와서 깊숙하게 인사했다.

"담배 하나 피울 수 있냐?"

"모시겠습니다, 형님."

강찬은 주철범을 따라 현관의 우측 안쪽으로 들어갔다. 레스토랑을 지날 때까지 몰랐는데 화장실과 레스토랑 사이에 '직원 전용'이란 문이 있었다.

주철범이 목에 걸었던 카드를 자물쇠에 걸자 문이 열렸다.

좌우가 온통 방이다. 주철범은 그중 우측 두 번째 방에 다시 카드 키를 댔다.

"여기가 제 사무실입니다, 형님."

안쪽에는 책상과 소파가 놓여 있었다.

주철범이 책상 서랍에서 담배를 가져와 불을 붙여 강찬에게 건네주고는 종이컵에 물을 담아 왔다.

"앉아."

주철범이 인사를 꾸벅하고 맞은편에 앉았다.

"십 분쯤 있다가 방이 하나 필요해. 이름은 네 이름도 쓰지 말고 적당히 가명 하나 대라. 오늘 중으로 나갈 거니까 계산은 그때 하마."

"제가 알아서 하겠습니다, 형님."

강찬은 '쯧' 소리를 내며 주철범을 보았다.

"난 깡패도 아니고, 그런 대접 받는 거 기분 좋아하지도 않는다. 그러니까 오늘 나 때문에 쓴 비용 제대로 청구하고 방 값도 똑바로 처리하자. 그래야 내가 마음 놓고 여길 올 수 있다."

주철범이 시선을 들었다가 '예, 형님.' 소리와 함께 고개를 숙였다.

이상스레 오광택의 도움을 받는 일이 자주 생긴다. 한번 얽힌 매듭이 계속 꼬여 가는 느낌이었다.

주철범이 전화를 걸어 프런트에 스위트룸을 하나 비워 두라고 한 후에 김성길을 어떻게 할 거냐고 물었다.

"계약 끝났어. 뭘 더 볼일이 있어?"

당연한 대답이었다.

"그런데 혹시 디아이 인수하신 겁니까? 형님?"

빌어먹을 놈의 형님 소리.

"왜?"

주철범이 곤란한 얼굴을 했다.

"왜 그런데?"

"저… 이하연이 말씀입니다."

"그년이 뭐?"

생각만 해도 짜증이 나서 툭 욕을 뱉었는데 주철범은 오히려 반가운 기색이었다.

"걔가 이곳에 간혹 들릅니다. 아무래도 조심하시는 게 좋을 것 같아서 말씀드렸습니다."

별! 다 큰 년이 호텔에 오는데 내가 조심할 일이 뭐가 있겠나.

주철범은 강찬의 표정의 뜻을 알아챈 모양이었다.

"그게, 전부 방송사와 드라마 관계자, 그리고 기업체 간부들 쪽입니다, 형님."

강찬은 눈만 껌벅였다.

"이하연은 몸 로비를 합니다, 형님. 언제고 형님 뒤통수를 칠 년이니까 항상 조심하시는 게 좋습니다."

"쯧."

강찬은 다시 담배를 피워 물었다.

찰칵.

"후우!"

미쉘이 제대로 수렁에 처박은 꼴이다.

도대체 왜 이런 더러운 일을 하자고 한 걸까? 잡지사 편집장이란 년이 이런 걸 모를 리도 없을 텐데. 샤흐란만 잡으면 돌아보지도 않을 거다.

그런데 이 새끼가 왜 이런 소릴 하는 거지?

강찬이 담배를 껐을 때 전화가 울렸다.

[무슈 강, 오 분이면 도착합니다.]

"알겠습니다. 현관에 있겠습니다."

강찬은 곧바로 자리에서 일어났다.

"나가자. 방 키 가지고 로비 앞에 있어라."

"예, 형님."

둘이 로비로 나와 주철범은 프런트로, 강찬은 현관으로 향했다.

잠시 기다리자니 검은색 승용차, 감청색 벤츠, 그리고 검은색 승합차가 현관으로 들어오고 벤츠에서 라노크가 내렸다.

앞뒤 차에서 요원 10여 명이 우르르 나와 라노크를 둘러쌌다.

목숨이 달린 일이라 이해는 하겠지만 그래도 이건 좀 과하다. 특히나 다른 사람의 시선을 신경 써야 한다면 말이다.

"무슈, 강."

"들어가시죠."

라노크와 악수를 나눈 강찬은 호텔로 들어갔다.

프런트 앞에 서 있던 주철범이 놀란 얼굴로 달려와 키를 건네주었다.

2101호.

요원들에게 둘러싸인 채로 엘리베이터를 기다렸다. 숫자와 분위기에 눌려 다른 손님들은 함께 탈 엄두를 내지 못했다.

엘리베이터가 서자 라노크와 강찬, 그리고 요원 다섯이 타고 바로 문을 닫았다.

그 뒤로 객실에 들어가도록 아무런 일은 없었다.

방을 살핀 요원들이 커피포트를 꺼내 차를 준비하는 동안

내 새끼 • 185

강찬과 라노크는 거실 소파에 마주 앉아 담배와 시가를 피웠다. 요원들은 기특하게 강찬이 피울 담배까지 준비해 왔다.

"무슈, 강. 북한 쪽 공작원의 움직임이 심상치 않습니다."

강찬은 잠자코 라노크를 지켜만 보았다.

"중국 쪽의 요청이거나 공동 작업 같은데 아직 정확한 숫자나 명단이 파악된 것은 없습니다."

"대사님."

라노크가 시가 연기를 옆으로 뿜어내며 강찬을 보았다.

"샤흐란 말로는 대사님의 일로 유럽 판도가 바뀔 거라는데 저는 그런 것 관심 없습니다. 오늘 돼먹지 않은 엔터테인먼트 회사를 인수한 것도 적성에 맞지 않았는데, 이제 중국에 북한까지 나선다면 이건 제 일이 아닙니다."

라노크는 커피를 한 모금 마시며 강찬의 말을 듣고만 있었다.

"샤흐란과의 싸움에 너무 많은 것이 끼어들었습니다. 배후가 있다면 알고 싶었지만, 첩보전 따위에 말려들고 싶지는 않습니다. 주식? 송금? 전 그런 것도 필요 없구요. 뭔가를 감추고 저를 대하시는 거라면 이쯤에서 그만두겠습니다."

"이해합니다, 강찬 씨."

라노크가 고개를 끄덕였다.

"우리 정보국에서도 대선에나 관련 있을 줄 알았지, 뒤에 이렇게 커다란 덩어리가 매달린 줄 몰랐으니까요. 솔직히 저 역시 당황스러울 정도입니다."

"이 정도 요원에 정보총국이 움직이면 대사님이 원하는 것은 충분히 이루시리라 봅니다."

"불행하게 중국까지 끼어들면서 정보국의 움직임에 많은 제약이 걸렸어요, 강찬 씨."

"저를 바라보는 눈들이 있었다면 제가 회사를 인수한 것도 저들이 모두 알았을 겁니다. 그런데 그런 일들이 도움 되겠습니까?"

강찬은 말이 나온 김에 상황을 정리하고 싶었다.

인수한 회사는 미쉘에게 완전히 맡기고, 샤흐란의 일을 제외한 첩보전 따위 말려들고 싶지 않았다.

라노크가 무언가를 결심한 듯 강찬을 보았다.

"두 가지만 도와주는 걸로 하지요. 첫째는 인수한 회사에서 드라마 제작 발표를 최대한 서둘러 해 주세요. 나머지는 우리가 알아서 하겠습니다."

"최대한이라면 어느 정도의 시간입니까?"

"내일이라도 좋습니다."

어차피 라노크 돈으로 인수한 회사다. 원하는 대로 해 주면 그만이다.

"샤흐란에게 제 동선을 전하고 그가 제시한 이백억을 받으세요."

강찬은 고개를 갸웃했다.

"돈의 흐름과 제 동선에 따라 움직이는 것들을 한 번에 소탕해 볼 생각입니다. 이 두 가지만 도와주시면 저도 다른 말을 하지 않겠습니다."

이 정도면 나쁘지 않다.

"알겠습니다. 대신 저도 부탁이 있습니다."

"말씀하세요."

라노크가 흥미롭다는 얼굴로 강찬을 향해 미소 지었다.

"공트 본사에서 한국 주문 차량을 우선 배정해 주었으면 싶고, 샤흐란을 잡는 일에는 저도 개인적으로 움직일 거라는 것을 알아주셨으면 합니다."

라노크가 세련된 투로 고개를 살짝 숙이더니 이내 전화기를 들었다.

통화는 바로 끝났다.

"내일부터 생산에 들어갈 것이고, 곧바로 선적한답니다. 앞으로 한국 발주는 열 대 단위로 우선권을 보장할 겁니다."

"고맙습니다, 대사님."

"강찬 씨에 대한 내 성의지요."

일과 관련된 대화는 거기까지였다.

라노크는 내부 배신자에 대한 판단이 설 때까지 호텔에 있을 눈치였다.

시간 여유도 있고 해서 강찬은 미쉘에게 전화를 걸어 내일 중으로 드라마 제작을 발표하라고 전했다.

[차니! 그건 불가능해. 아무리 우리가 제작한다고 해도 이하연과 상의도 해야 하고.]

"그냥 은소연으로 해. 책임은 내가 져."

[대본, 감독, 아무것도 없이 덜렁 은소연 주연의 드라마 제작이라고 하면 모두 비웃을 거야.]

"미쉘, 할 거야, 말 거야?"

강찬의 말에 미쉘은 당황한 느낌이었다.

[오케이, 차니. 일단 은소연과 이야기 나누고 내일 발표하도록 할게. 하지만 크게 보도되진 않아. 은소연을 띄워 주기 위한 거짓 발표라고 생각하기 쉬워.]

"알았다."

전화를 끊은 강찬이 내용을 설명하자 라노크가 알았다는 답을 했다.

"강찬 씨는 드라마 관련 일이 싫은 모양이지요?"

"전 원래 TV도 제대로 안 보는 사람입니다."

"그렇군요. 우리 저녁이나 함께할까요?"

프랑스 사람들은 식사를 지겹도록 길게 한다.

라노크가 움직이지 못하는 눈치여서 강찬은 그렇게 하기로 했다.

식사를 하는 동안 주로 운동과 취미 생활 이야기를 나누었는데, 디저트로 나온 케이크를 받을 때 라노크가 처음으로 가족 이야기를 꺼냈다.

"딸아이 하나가 제 삶의 가장 큰 위안이지요."

애가 없는 강찬은 대꾸하기 어려운 대화였다.

"강찬 씨, 진심으로 사랑하는 사람이 생긴다면 절대로 놓치지 마세요."

어울리지 않게 왜 저런 소리를 하지?

그러면서도 느닷없이 김미영이 떠올라서 강찬은 풀썩 웃고 말았다.

이런저런 이야기를 나누다 보니 8시가 되었고, 마침내 라노크의 전화가 울렸다.

"잘됐군."

듣고만 있던 라노크가 그 말을 끝으로 통화를 끊었다.

"이제 들어가도 됩니다. 원하는 바를 얻은 모양이네요."

다 같이 객실을 나와 로비에서 헤어졌다.

강찬은 얼른 호텔을 나가고 싶어서 프런트로 갔다.

"계산은 저분들이 이미 하셨습니다, 형님."

"알았다. 오늘 수고 많았다."

강찬은 주철범을 뒤로하고 집으로 향했다.

⚜ ⚜ ⚜

"아들 왔어? 저녁은?"

"먹고 들어오는 길이에요."

"그래? 그럼 우리 수박 먹을까?"

삶이 좀 이래야 하지 않을까?

간단하게 씻은 뒤에 과일을 먹고 있자니 강대경이 들어왔다.

"오셨어요?"

"어, 그래."

그는 강찬과 유혜숙의 인사를 받는 둥 마는 둥 하며 수박이 놓인 식탁에 앉았다.

"오늘 공트 본사에서 연락이 왔었다. 너와 관련해서 최대한 협조하겠다고. 바로 선적하겠다던데 이게 무슨 일이냐?"

"아! 쉬프요."

유혜숙이 두 사람을 번갈아 보았다.

"오늘 스미든 지사장과 통화해서 본사에 연락해 달라고 했더니 들어줬나 봐요. 그때 도움 주셨던 분께도 따로 부탁했었구요."

"사업은 네가 해야겠다. 직원들이 얼이 빠졌어. 쉬프 전체로 보면 너무 까다로운 주문이라 최소 이 개월은 걸릴 줄 알았는데. 내일부터 신규 주문을 소화할 수 있게 되었다고 영업부는 오늘 회식도 가졌다."

"여보? 그러니까 찬이가 차를 빨리 들어오게 했다는 거야?"

"그렇지."

강대경이 고개를 끄덕였다.

"그래서 당장 이백 대 정도는 더 팔 수 있을 것 같아."

유혜숙은 그게 어떤 의미인지는 모르는 얼굴이었다.

강대경이 다정하게 웃으며 입을 열었다.

"우리가 지원하려는 보육원 다섯 곳을 일 년 정도 더 도울 수 있는 수익 정도 될걸?"

"이백 대가?"

"그래!"

유혜숙이 손뼉을 마주치며 기쁜 얼굴을 했다.

"그렇게 좋아?"

"당연하지! 아들이 힘을 써 줘서 더 많은 곳을 도울 수 있는 거잖아! 아들, 정말 고마워."

세상에 그 어떤 칭찬도 지금 유혜숙이 안고 등을 도닥여 주는 것만큼 큰 것은 없을 거다.

"당신은 얼른 씻어."

"이제 기쁜 소식 다 들었다 이거지? 알았다."

"저이가!"

강대경이 일어서는 것을 보며 강찬도 일어났다.

"왜?"

"들어가서 아버지 챙겨 드리세요. 고생하고 오셨는데 서운하시겠어요."

강찬은 기분 좋게 웃어 주고 방으로 들어왔다.

집에 돌아와 강대경과 유혜숙을 보고 나자 낮에 더러워졌던 몸이 깨끗해진 느낌이었다.

⚜ ⚜ ⚜

10킬로미터를 달리고 학교에 조금 일찍 나간 강찬은 석강호와 봉지 커피를 마시며 어제 있었던 일을 쭉 전했다.
"다 모르겠고, 그 싸가지 년 뺨따귀는 한 대 치고 싶소."
강찬이 풀썩 웃자 석강호가 입맛을 다셨다.
"TV에서 착한 척한 거에 홀랑 속은 거 아니요? 난 그년이 정말 검소하고 얌전한 년인 줄 알았소."
"너 그런 것도 보냐?"
"마누라랑 딸년이 같이 보자고 하면 피하기 어렵수. 그런 게 다 가족의 화목을 위한 거라는데 어쩌겠소?"
둘이 잡담을 지껄이고 있는데 아이들이 하나둘 나타났다.
"이제 슬슬 몸 좀 풀어 볼까?"
"며칠 쉬시지 그러쇼?"
"내 회복력 몰라? 오늘은 각오해라."
석강호가 히죽 웃으며 스탠드에서 몸을 일으켰을 때였다.
정문 앞에 승용차와 승합차가 서더니 건장한 체격의 사내들이 우르르 들어섰다.
"저 새끼들은 뭐지? 어? 김태진 사장 아뇨?"
아차! 깜박 잊었다.

강찬은 어제 통화 내용을 설명하며 들어온 이들을 살폈다.

가장 앞에 오는 사람은 김태진이었다.

"직접 오셨네요?"

"이 좋은 기회를 놓칠 수가 있나?"

김태진은 석강호와 악수를 나눈 후에 함께 온 직원들에게 시선을 돌렸다.

"인사들 해라. 여기는 오늘부터 교관을 맡아 줄 강찬 씨. 그리고 같이 교관을 할 석강호 선생님."

"잘 부탁드립니다."

말끝에 형님만 달았다면 영락없이 깡패들 자세였다.

"뭐부터 하나?"

"우선 좀 달릴까요?"

"그것도 좋지. 옷은 어디서 갈아입고?"

"운동부실이 따로 있습니다."

강찬과 함께 안으로 들어간 김태진은 내부 시설을 보며 연신 고개를 끄덕였다.

그 뒤 아이들과 단체로 인사를 나눴고, 원하는 사람에 한해서 같이 달리기로 했다.

여학생들이 먼저 옷을 갈아입고 다음으로 남학생들과 직원들이 함께 운동복을 입었다.

김태진도 운동복 차림으로 나왔다.

"자! 시작해 보자고!"

직원이 6명이나 돼서 3명씩 두 줄로 섰고 그 뒤로 학생들과 김태진, 석강호가 섰다.

강찬은 약간 느릿하게 달렸다.

아침에 이미 10킬로미터를 달린 터라 기운을 많이 빼고 싶지도 않았다.

그렇게 두어 바퀴를 달렸을 때였다.

얼핏 시선을 돌렸는데 직원들의 표정에 묘한 웃음이 담긴 것을 보았다.

하기야 김태진이 자신 있게 말해서 따라왔더니 고등학생 남자애와 체육 선생이 교관이라고 하고, 함께 운동한다는 아이들의 자세가 어쭙잖아 보이기도 했겠다.

'그래?'

이런 태도로는 좋은 훈련을 하기 어렵다. 강찬은 직원들의 기를 꺾어 놓기로 했다.

운동장 한 바퀴는 대략 400미터쯤 된다.

강찬은 서서히 속도를 높였다. 그래 봐야 아직 새벽 운동 속도에는 못 미치는 빠르기였다.

10바퀴쯤 돌자 숨소리가 거칠어지기 시작했고, 아이들 절반이 떨어져 나가 스탠드에서 헐떡거렸다.

강찬은 조금 더 속도를 높였다.

16바퀴를 돌자 아이들이 모두 떨어져 나갔는데, 이때는 새벽 달리기와 거의 유사한 속도였다.

"헉헉. 헉헉."

이미 오전에 뛰지 않았냐고 몸이 거칠게 반항했다.

'신병이 왔잖아!'

직원 여섯이 이를 악물고 있는 것이 보였다.

이 정도면 자존심 대결이다.

'오냐, 누가 이기나 보자.'

강찬도 이를 악물고 속도를 좀 더 높였다.

가장 뒤에서 석강호의 거친 숨소리가 들렸지만 지금 양보하면 안 된다.

'신병에게 기죽지 마라.'

아프리카에 있는 것처럼 햇볕이 강렬하게 내리쬐는 운동장이다.

"헉헉헉헉!"

직원들의 숨소리가 두서없이 쏟아져 나왔다.

이젠 몇 바퀴를 뛰었는지 잊어버렸다.

강찬은 다시 조금 더 속도를 높였다.

통쾌했다.

고통이 꼭 쥐고 놓지 않던 한계가 불쑥 치솟는 느낌이었다.

털썩!

직원 하나가 바닥에 엎어지자 연달아 셋이 주저앉았다.

두 바퀴를 더 돌자 남은 것은 강찬과 석강호, 김태진밖에 없었다.

"살려 주라!"

김태진의 거친 외침이 없었다면 강찬은 아마 쓰러질 때까지 달렸을 거다.

"하악! 하악!"

스탠드 앞에서 무릎을 짚고 거친 숨을 토해 낼 때, 김태진과 석강호는 스탠드에 아예 널브러졌다.

아이들이 눈치껏 주전자에 물을 담아 부어 주었는데 누구도 거절하지 않았다.

5분쯤 지나서 김태진과 석강호가 물과 땀으로 흠뻑 젖은 채 몸을 일으켰다.

"일부러 그랬지?"

"격투술은 더 힘들 텐데요."

김태진의 원망 섞인 질문을 강찬은 히죽 웃으며 받았다.

⚜ ⚜ ⚜

진이 쪽 빠질 정도로 달린 후에 하는 모든 일은 거의 정신력의 산물이라 보는 게 맞다. 손을 비롯한 온몸에 힘이 제대로 들어가지 않기 때문이다.

적당하게 휴식을 취하고 매트리스 6장을 넓게 펼친 운동장에서 강찬은 격투술을 시작했다.

운동부와 평일 자습을 위해 학교에 나온 아이들이 스탠

드에 제법 많았다.

"선생님이 먼저 시범을 보이시죠?"

강찬의 권유에 석강호가 목을 비틀며 앞으로 나섰다.

"이쪽은 우선 두 명이 나오세요."

강찬의 말에 각진 턱을 가진 직원 하나가 아니꼬운 눈초리로 픽 하고 웃고는 석강호의 앞으로 나왔다.

이런 새끼는 꼭 사고가 난다.

"들어가."

강찬이 짧게 한마디를 던졌을 때였다.

휙.

놈이 강찬을 향해 언짢은 기색을 보였다.

"말 못 들었어? 죽여 버리기 전에 들어가라고."

삽시간에 스탠드까지 분위기가 서늘해졌다.

직원이 슬쩍 시선을 돌렸는데 김태진은 너 알아서 하란 식으로 덤덤하니 바라보기만 할 뿐이다.

"나랑 한판 합시다."

직원 놈은 자신이 생긴 모양이었다.

피식.

강찬은 그대로 직원을 향해 걸어갔다.

놈은 제법 무술을 배운 것처럼 오른발을 뒤로 빼며 손을 들었다.

병신!

무술에 자신 있는 새끼다. 발이 손보다 얼마나 느린 줄 알면 저런 자세를 함부로 잡지 못한다.

아니나 다를까, 강찬이 두어 걸음 앞으로 다가갔을 때 놈이 오른발을 쳐들었다.

퍽!

강찬은 놈의 정강이를 발로 밟듯이 밀어내며 옆구리를 엄지로 찍었다.

정강이를 맞아 앞으로 기운 놈이 막기 위해 왼손을 뻗어 냈다.

퍽. 퍼벅. 퍽.

그러나 강찬은 엄지를 세운 주먹을 당기며 그대로 오른 팔꿈치로 놈의 턱을 가격하고 목, 명치, 그리고 다시 옆구리를 세차게 찔러 버렸다.

"컥! 커어억!"

바닥에 쓰러진 놈이 좌우로 몸을 뒹굴며 고통스런 비명을 토해 냈다.

불만스러운 기색의 직원들이 강찬의 시선에 얼른 눈을 떨어트렸다.

"격투술을 왜 한다고 생각하나? 놀러 왔으면 남 연습하는 데 헛짓거리하지 말고 한쪽에서 공이나 차다 가."

강찬은 아직도 목을 부여잡고 버둥거리는 직원을 한 번 본 후에 다시 시선을 들었다.

"죽고 사는 싸움이 격투다. 맨손 하나도 못 이겨서 버둥거리는 놈들이 어디서 건방진 얼굴을 해?"

"일부러 달리게 해서 힘을 뺐고, 기습했으니까 그런 거 아닙니까? 우리도 만만한 실력은 아닙니다."

김태진과 학생들을 의식했는지 직원 중 하나가 다부지게 반발했다.

강찬은 놈을 똑바로 보며 입을 열었다.

"너희 다섯이 한꺼번에 한번 해 볼래? 어때? 난 혼자 해 주지."

직원들이 눈짓을 교환한 다음 일어서서 엉덩이를 털며 앞으로 나왔다.

"제대로 해라. 그리고 절대로 비겁하게 꼬리 빼지 마라. 아니면 정말 죽여 버릴 테니까."

더도 말고 덜도 말고 아프리카에서 신병을 받을 때와 똑같은 느낌이었다.

쓰러졌던 놈이 겨우 일어나 스탠드로 어기적거리며 몸을 뺐다.

강찬은 고개를 좌우로 꺾은 다음 놈들을 보았다.

"시작한다."

권투를 한 놈 하나를 제외하면 나머지는 척 보기에도 이런저런 무술을 익힌 자세였다.

강찬을 둘러싼 다섯이 쭈뼛거릴 때였다.

강찬은 우향우를 하는 것처럼 오른쪽 놈에게 몸을 돌렸다.

탁탁. 퍼버벅.

놈의 주먹을 파리 쫓듯 쳐내고 단박에 목과 명치, 겨드랑이를 찍으며 바로 왼쪽으로 돌았다.

콰작!

도는 순간 휘두른 왼쪽 팔꿈치에 뒤에 있던 놈이 코를 제대로 얻어맞았다.

타다다닥.

강찬은 앞으로 한 걸음을 내디디며 세 놈의 팔을 연달아 쳐냈다.

퍼억!

불만을 토했던 놈이 뾰족하게 세운 주먹에 명치를 맞고 눈과 입을 커다랗게 벌린 채로 뒤로 넘어갔다.

둘 남았다.

타닥.

팔을 쳐낸 강찬은 먼저 우측 놈에게 안기듯 달려들었다.

파바바바바박.

김태진이 움찔할 정도로 빠른 찌르기였다.

삽시간에 겨드랑이, 목, 명치, 옆구리, 다시 옆구리를 양손 엄지로 찔러 대자 총이라도 맞은 것처럼 놈이 바닥을 사정없이 굴러다녔다.

남은 한 놈은 엉거주춤한 자세로 쓰러진 동료를 보며 달려들지 못했다.

"경고하는데, 지금 네가 나한테 달려들지 못하면 넌 영원히 적을 향해 뛰어들지 못해. 맞는 게 겁나고, 찔리는 게 겁나고, 칼이 무서우면 이 짓 때려치우고 얼른 다른 직업 알아봐."

놈이 어설프게 주먹을 내지르며 앞으로 달려들었다.

강찬은 놈의 팔을 위로 들어 어깨에 걸치다시피 하며 몸을 빙글 돌렸다.

여기서 손목을 밑으로 당기면 팔꿈치가 부러진다.

휙!

콰작!

"끄아아아악!"

팔이 꺾인 직원이 팔뚝을 감싼 채 섬뜩한 비명을 질러 댔다. 엄살이 심한 새끼다.

터억.

강찬은 그 직원의 멱살을 잡아채서 눈을 똑바로 들여다보았다.

"조용히 해."

"끄으으, 끄으으으으."

"넌 마지막에 비겁했어. 동료들이 죄 바닥에 쓰러지는 동안에도 주먹을 안 날린 거야. 실전에서 너 같은 놈에게 뒤를 맡기면 어떻게 될 거 같나? 팔이 나을 때까지 곰곰이 생각해 보고 또 그럴 것 같으면 정말 이 짓 하지 마. 알았어?"

놈이 고개를 끄덕였다.

강찬이 멱살을 놓아주었음에도 운동장은 조용했다.

"전체적으로 몸이 무거워 보이는데?"

가장 먼저 입을 연 사람은 김태진이었다. 피가 끓었는지 날카로운 눈을 하고 있으면서도 뜻밖의 질문을 했다.

"새벽에 10킬로미터쯤 달렸거든요."

김태진이 고개를 끄덕였다.

겨우 진정한 직원들과 겁에 잔뜩 질려 있던 아이들이 마법에서 풀려난 것처럼 커다랗게 숨을 쉬었다.

"어때? 가르쳐 볼 만해?"

"좋은데요? 이 중에 셋은 타고난 재능도 있구요."

김태진이 씨익 웃으며 강찬을 보았다. 알아들은 거다.

다섯 중에 셋이라고 했으니 이제부터 이 다섯은 목숨 걸고 강찬에게 매달릴 거다. 신병을 두들긴 후, 특수부대 교관들이 즐겨 쓰는 수법이었다.

"저 친구는 어떻게 할까?"

"살짝 부러트렸으니까 삼 개월이면 나을 겁니다. 그때 가서도 하겠다면 제가 책임지고 가르치죠."

"하겠습니다!"

팔을 싸안은 직원이 고함을 버럭 질렀다. 통증을 이겨 내느라고 눈물을 줄줄 흘리고 있었다.

"너 이리 나와."

내 새끼 • 203

강찬의 말에 직원이 왼쪽 팔뚝으로 눈물을 쓱 닦고 앞으로 나왔다.
 강찬이 코가 맞닿을 정도로 다가갔는데도 직원은 눈을 피하지 않았다.
 "마지막 경고다. 다음번에도 비겁한 모습을 보이면 다시는 팔을 못 쓰게 부러트려 버릴 거야."
 "알겠습니다."
 "그래도 할 거야?"
 "하겠습니다!"
 입에 침이 잔뜩 엉긴 채로 직원이 소리 높여 대답했다.
 히죽.
 강찬이 웃으며 고개를 끄덕여 주었다.
 "팔은 삼 개월이면 낫는다. 시간 날 때마다 걸어라. 10킬로미터든, 20킬로미터든 걸어. 그럼 재활이 빨라진다."
 "예!"
 "들어가."
 "감사합니다!"
 직원이 무언가 뿌듯한 얼굴로 돌아갈 때, 김태진이 야릇한 미소로 강찬을 보았다.
 "점심 먹고 다시 하지?"
 "그럴까요?"
 김태진이 상체를 틀어 스탠드에 앉은 학생들을 쭉 돌아보았다. 운동부를 포함해 대략 50명쯤 되었다.

"여기 이 학생들, 내가 점심 사도 되나?"

아이들이 술렁였다.

"탕수육 열다섯 개면 대충 해결될 것 같은데?"

중간에서 사내아이가 '잘 먹겠습니다!' 하고 소리쳐 대답했다.

팔이 부러진 직원은 바로 병원으로 보냈다.

다음으로 씻을 사람 씻고, 문기진이 자장면과 짬뽕, 볶음밥 세 종류로 주문을 담당하기로 했다.

강찬도 수돗가에 가서 적당히 몸을 씻고 운동장으로 향할 때였다.

차소연이 벨이 울린다며 전화기를 들고 왔는데 미쉘이었다.

"왜, 미쉘?"

[차니, 오늘 인터넷 신문에 우선 제작 발표했어.]

어딘지 음성이 밝지 않았다.

"고생했다. 그런데 무슨 문제 있어?"

[기사 나가자마자 친한 기자들한테서 전화가 많이 왔어. 이거 사기라는 소문 도는데 어떻게 된 거냐고? 그리고……]

"말해."

[이하연이 난리야. 자기 빼놓고 어떻게 은소연 이름으로 드라마 제작을 발표하냐고. 당장 기사 내리지 않으면 소속

사를 옮기거나 방송 출연 안 하겠대.]

"내년까지 계약된 거라면서?"

[이쪽 계약금이 얼마 안 돼서 위약금 물어 준다는 데 있을 거야. 차니가 사과하지 않으면 이대로 넘어가지 않겠대. 기자들에게 말 흘린 것도 앤 거 같아.]

"그럼 보내 버려. 위약금도 받고 좋네."

[걔 보내면 은소연이랑 신인 두 명 조연 다 잘릴 거고, 다음 드라마 끼워 넣기 한 것도 모조리 날아가.]

강찬은 고개를 끄덕였다. 미쉘은 직장을 그만두고 온 것보다는 강찬이 손해 볼 것을 걱정하고 있는 거다. 하지만 그런다고 끌려 다니면 나머지도 또 똑같은 짓을 한다.

"미쉘."

[예쓰, 차니.]

"그년 잘라. 자르고 나서 나한테 전화해."

워낙 강경하게 말을 전하자 미쉘은 대답을 못했다.

"맡겨 놓는다고 하고 이런 말해서 미안한데, 손해를 보더라도 내가 알아서 할 테니까 내 말대로 해라."

[알았어, 차니.]

미쉘이 전화를 끊자 차소연이 놀라고 궁금한 얼굴을 했다. 하지만 강찬은 모른 척하고 운동장으로 걸어갔다.

김태진과 직원들까지 60명이 넘는 인원이 함께하는 점

심이다.

운동부실로 들어가겠냐고 했을 때 김태진은 고개까지 저으며 함께 식사하겠다고 했다.

강찬과 석강호, 그리고 김태진이 둥그렇게 앉아서 볶음밥을 먹었다.

"아직 움직임이 없나요?"

"출항 일자를 확실하게 안 잡아서 매시간 체크하는 중이다. 날짜가 정해지면 알려 줄 테니 그날은 함께 움직이는 걸로 하자."

"알았습니다. 그런데 모가지 귀신은 그 전에 해결해야죠?"

"음."

볶음밥이 입에 가득해서 김태진의 답이 이상했다.

"오후에도 자네가 가르치나?"

"왜요?"

"몸 좀 풀고 싶은데 팔이 부러실까 봐 겁나서 그런다."

강찬이 풀썩 웃자 석강호가 '저랑 하십시다.' 하고 말을 받아 주었다.

30분에 걸쳐 점심을 먹고 종이컵에 커피를 마셨다.

스탠드에 앉아 끼리끼리 편한 시간을 가졌고, 구경하던 아이들은 모두 교실이나 도서관으로 향했다. 30분 정도는 더 쉬어야 한다.

앞으로 일주일에 세 번씩 석강호가 직원들 교육을 담당하고 강찬이 뒤를 봐주기로 했다.

30분이 얼추 더 지났다.

석강호가 불러들였을 때, 직원들의 눈빛과 표정이 무척 진지했다.

꿩 먹고 알 먹고다.

석강호라면 저렇게 2주만 연습해도 확실히 효과를 볼 거고, 그런 만큼 직원들의 실력도 늘 게 분명했다.

스탠드에서 두 다리에 팔꿈치를 기대고 앉은 김태진이 슬쩍 강찬을 보았다.

"어디서 배운 거냐?"

강찬이 웃기만 하자 김태진은 입맛을 다시며 고개를 저었다.

"프랑스어에 외인부대 격투술을 가진 고등학생이라. 후-우."

강찬은 석강호와 직원들의 대결을 지켜보며 김태진을 외면했다. 무슨 설명을 하든 믿기지 않을 테니 이런 때는 그냥 말이 없는 게 낫다.

웅웅웅. 웅웅웅.

전화가 울려서 들었는데 라노크의 번호였다.

"예, 대사님."

프랑스어로 전화를 받자 김태진이 복잡한 표정으로 앞을 보았다.

[무슈 강, 드라마 제작 발표는 어찌 되었습니까?]

"그렇지 않아도 오늘 인터넷 신문에 올렸다고 하네요."

[역시 강찬 씨의 일 처리는 신뢰가 갑니다. 그렇다면 내일 중으로 융스벤처스라는 프랑스 회사로 투자 신청을 해 주세요. 좋은 결과가 있을 겁니다.]

"그렇게 하겠습니다, 대사님."

[하나 더 있습니다. 다음 주 수요일 오후 세 시, 용인에 있는 사립 야구장에 들를 예정입니다. 공식 행사가 아니니까 강찬 씨가 불러내는 거라고 말하고 샤흐란과 대화를 나눠 주세요. 이 일을 핑계로 이백억을 움직이되 가능하면 한국으로 송금토록 해 주세요. 워낙 거금인 데다 외국환 송금이라 쉽게 감추기 어려울 겁니다.]

"대사님, 너무 위험해 보입니다."

[무슈 강, 당신 같은 인물을 만나서 기쁩니다. 그럼 좋은 결과를 기다리겠슈니다]

"대사님."

[말씀하세요.]

"공트자동차 일은 진심으로 감사드립니다. 한국의 강유모터스 직원들이 정말 기뻐하더군요."

[기분 좋은 소식이군요.]

라노크의 웃음소리가 마지막이었다.

전화를 끊고 나자 어딘지 찜찜한 기분이 들었다.

"야구장은 경호하기 어떤가요?"

"야구장? 야구 경기하는 그 야구장 말인가?"

"예."

김태진이 대번에 눈살을 찌푸렸다.

"꼭 두 번 나간 적이 있지. 한마디로 경호원들이 미쳐 있다고 보면 맞아. 잠시도 눈을 쉬지 못하는 데다 홈런이나 안타가 나올 때마다 언제든 몸을 던질 준비를 해야 하니까."

"경호 인원이 열 명에서 이십 명 정도라면요?"

"암살 기도가 있는 건가?"

"그렇다고 치고요."

김태진이 입술에 힘을 주고는 고개를 저었다.

"나보고 그런 상황에서 암살하라면 대략 90퍼센트의 확률로 성공할 자신 있지."

"그렇군요."

강찬은 기분이 찜찜했던 이유를 알게 되었다. 너무 무리한 시도다. 샤흐란보다는 그 배후를 반드시 잡아내겠다는 의도인 건 알겠지만, 어찌 되었건 간에 위험한 일이다.

강찬이 더는 입을 열지 않자 김태진은 잠자코 대련을 지켜보았다.

석강호는 물을 만난 물고기 같았다.

시종일관 직원들을 상대로 가르치고 대련하고 또 가르쳤다. 꽤 많이 달린 뒤라서 체력이 바닥났을 텐데도 훈련을 즐기는 얼굴이었다.

"우리 애들이 벌써 달라졌구만."

김태진뿐만 아니라 강찬이 보기에도 그랬다.

저래서 태도가 중요하다. 교관이나 상급자가 신병이 오면 있는 대로 기를 꺾어 놓는 가장 큰 이유.

"제대로 써먹을 수 있겠는데?"

"아직 멀었습니다."

"우리나라에 자네나 저기 선생님 같은 분이 몇 명이나 있다고 그래? 쟤들이 임자를 잘못 만나서 그렇지, 회칼 든 깡패 놈들 서넛은 해치우던 애들이야."

강찬이 풀썩 웃자 김태진도 재미있다는 듯 따라 웃었다.

"어디 슬슬 나가서 나도 몸 좀 풀어 볼까?"

"제가 상대해 드릴까요?"

"아서. 애들 앞에서 바닥을 구르고 싶지는 않아."

김태진이 분명하게 거절하고 운동장으로 나갔다.

웅웅웅. 웅웅웅.

전화가 참 많은 날이다.

"미셸, 무슨 일이야?"

[미안해, 차니. 이하연이 차니를 만나서 분명하게 일을 매듭짓고 싶대. 자존심이 많이 상했나 봐. 혹시 오늘 회사로 나와 줄 수 있어?]

"쯧."

내 새끼 • 211

언짢긴 했지만 정리할 필요는 있었다.

"알았다. 네 시까지 갈게. 문자로 주소를 보내 줘."

[고마워, 차니.]

시간이 3시 근처였다.

강찬은 슬쩍 일어나 당직실로 가서 샤워를 했다. 찬물을 뒤집어쓰자 정신이 번쩍 들었는데, 물기를 닦을 때는 잠이 쏟아질 정도로 피곤했다.

'너무 무리했나?'

실제로도 무리한 게 맞다. 하지만 이왕 가르치려면 제대로 시작해야 석강호에게도 도움이 된다. 사실 신병이 건방 떠는 꼴을 못 참는다는 성격이 나온 것이기도 했다.

훈련을 위해 옷이 좀 허름했지만, 뭐 상관없었다.

강찬이 운동부실에 들어가자 운동을 끝낸 아이들이 책을 펴 놓고 책상에 엎어져 자고 있다가 화들짝 놀라 일어났다.

"집에 가서 편하게 자."

"아니에요."

차소연이 잠을 쫓기 위해 고개를 마구 흔들며 답을 했다. 좋은 아이들이다. 무엇보다 표정이 밝아져서 정말 좋았다.

"선배님, 열심히 연습하면 저도 선배님처럼 될 수 있나요?"

강찬이 풀썩 웃고는 옷 가방을 챙겨 들었다. 그러고는 눈치를 살피는 문기진의 머리를 쓸어 주었다.

"나보다 훨씬 나을 거다. 대신 성적 떨어지면 운동부 끝난다는 거 잊지 마라."

"아! 예."

문기진은 잠이 확 깨는 얼굴이었다.

밖으로 나오자 김태진과 석강호가 서로 옆구리를 싸안고 인상을 찌푸리고 있었다.

"저는 먼저 좀 가 봐야겠어요."

"어후, 그래. 오늘 고마웠어. 끄응, 나는 선생님하고 조금 더 연습하고 갈게."

다른 사람들과 학생들이 있어서 석강호는 눈인사만 했다. 그러고 보니 오늘따라 유난히 과묵한 모습이었다.

"다음에 뵙겠습니다, 교관님."

직원들이 굵직한 음성으로 하는 인사를 받으며 강찬은 운동장을 빠져나와 학교 앞에서 택시를 타고 주소를 알려 주었다.

15분쯤 기분 좋게 졸고 나자 목적지에 도착했다.

택시에서 내려 둘러보는데 파란 바탕에 하얀 글씨로 '디 아이'란 간판이 보였다.

건물은 그다지 나빠 보이지 않았는데 엘리베이터가 없었다.

3층까지 걸어 올라간 강찬이 문을 열자 삼면이 거울로 둘러싸인 넓은 공간이 나왔다.

"어? 안녕하세요?"

한 아이가 인사하자 다른 아이들이 연달아 인사했다.

아이들이 땀을 잔뜩 흘리고 있어서 돌아보니 바닥에 선풍기 2대가 힘겹게 돌고 있었다.

"미쉘은?"

"저기 사무실에 계세요."

강찬은 신발을 벗고 바닥에 놓인 실내용 슬리퍼를 신었다. 한 아이가 달려가 안쪽 문을 열고 '이사님! 대표님 오셨어요!' 했는데 미쉘과 임수성, 그리고 김재태가 순서대로 나와서 인사했다.

"보스, 어서 와."

뜬금없는 보스 소리에 의아했지만, 회사라 그런가 보다 했다. 그렇게 부를 거면 차라리 반말을 지껄이지 말든가.

미쉘은 전에 없이 힘들어 보였다.

"오셨습니까?"

"예."

강찬은 임수성과 김재태에게 아는 체를 하고 미쉘을 따라 사무실 안으로 들어갔다.

생각보다 공간이 좁았다. 책상 3개와 그 중간에 소파가 있고 조그만 방이 하나 있는데, 그곳이 대표의 개인 업무 공간인 모양이었다.

강찬이 들어서자 소파에 앉아 있던 이하연, 성소미, 은소연이 일어나 인사했는데 이하연은 일어서는 척만 하고 바로 자리에 앉아 다리를 꼬았다.

강찬이 앉자 미쉘이 그 옆에 앉았고, 임수성과 김재태, 그리고 다른 직원들이 책상과 보조 의자에 앉아 고개를 숙이고 있었다.

"나 보자고 그랬어?"

"반말하지 마… 요."

강찬이 피식 웃자 이하연이 기가 막힌다는 투로 시선을 허공에 두었다.

"하고 싶은 말 있으면 빨리하고 가. 피곤하니까."

"나갈 때 나가더라도 사과는 받아야겠어… 요."

말끝이 두 번이나 이상하게 끝났다.

"이하얀."

"이하얀? 지금 내 이름을 이하얀이라고 했어요?"

이하연이 발끈해서 꼬았던 다리를 풀었다.

"그거나, 그거나. 상관없으니까 헛소리 말고 빨리 나가."

"사과 안 하면 여기 연기자들 다시는 내가 출연하는 드라마나 영화에 못 나올 거고, 얘를 주인공으로 한다는 드라마 제작 사기라고 다 떠들 거야. 그러니까 당장 나한테 미안하다고 사과해!"

미쉘과 은소연, 그리고 코디와 메이크업, 심지어 로드 매니저란 직원들까지 모두 시선을 떨어뜨렸다.

'저년이 꽤 힘이 있었나 보네?'

내 새끼 • 215

강찬은 피식 웃으며 성소미를 보았다.

"넌 어떻게 하고 싶어?"

"나도 하연 언니랑 같은 생각이에요."

성소미가 어깨를 으쓱해 보였다.

"은소연, 너는?"

은소연은 미쉘과 이하연의 눈치를 살피고 입을 열지 못했다.

"애네 계약서 줘 봐."

강찬이 미쉘을 보았는데, 준비해 두었던 모양인지 김재태 부장이 시커먼 결재판을 앞에 놓아 주었다.

가장 위가 이하연이었다.

강찬은 이하연의 계약서를 우선 들었다. 그러고는 길게 찢어 버렸다.

임수성이 신음처럼 숨을 내쉬었다.

다음은 성소미였다.

"너도 같은 생각이라 이거지?"

강찬은 성소미 것도 그대로 찢었다.

"은소연, 너도 대답 안 하는 걸 보면 같은 생각인 거고?"

그는 은소연의 계약서도 길게 잡았다.

제6장

제대로 해 주지

"저는 남고 싶어요."

그런데 은소연의 풀 죽은 목소리가 강찬의 손길을 막았다.

"잘 생각해. 나중에 가서 후회된다느니 또 나가고 싶다느니 하면 정말 화날 것 같으니까."

이하연이 경멸한다는 눈초리로 은소연을 쳐다보았다.

"남을 거예요. 미쉘 언니, 아니 미쉘 이사님이랑 정말 잘해 보고 싶어요."

강찬은 계약서를 들여다보았다. 계약금이 3천만 원이라고 적혀 있었다.

나른한 몸을 좀 깨우고 싶었다.

"커피 있음 한 잔 줘."

강찬의 말에 여직원이 화들짝 일어나 온수대 앞으로 갔다.
강찬은 그 밑에 있는 서류들을 천천히 훑어보았다.
연습생들은 먹고 자는 것, 그리고 운동과 기타 들어가는 비용이 곧 계약금이다. 계약 기간 10년, 계약을 해지할 때는 무조건 들어간 비용의 6배와 5억의 위로금을 별도로 지불하게 되어 있었다.
'노예가 따로 없구만.'
강찬은 여직원이 준 커피를 받으며 풀썩 웃고 말았다.
"임 실장님."
"예, 대표님."
"여기 직원들도 이런 계약서가 있나요?"
"저하고 김재태 부장, 그리고 경리 최유진 씨만 정직원이고 다른 직원들은 전부 임시 계약직으로 되어 있습니다."
계약서를 찢고 나자 이하연은 아예 꼰 다리 끝을 꺼떡거리면서 강찬을 보고 있었다.
"메이크업은 얼마 받아요?"
"메이크업과 코디가 월 백오십, 그리고 로드 애들이 월 백이십씩 받습니다."
"보너스도 없이요?"
"예."
강찬이 피식 웃으며 커피를 한 모금 마시려니까 이하연이 '이제 좀 뭘 아셨나?' 하는 표정으로 고개를 틀었다.

'쯧!'

더운 사무실에서 땀 찍찍 흘리며 이하연이 출연하는 드라마에 끼어들 때까지 연습하는 애들에다, 이하연이 벌어다 주는 돈이 있어야 월급을 기대하는 직원들, 그리고 강찬에게 어떡해서든 손해를 끼치지 않으려는 미쉘까지.

'제대로 해 봐야겠는데?'

강찬은 고개를 끄덕이며 결심을 세웠다.

월급 한 푼 없이 연습하는 것도 서러운데 눈앞에 있는 쓰레기 같은 년 비위까지 맞춰 줘야 겨우 조연 자리를 얻을 수 있는 건 도저히 자존심이 용납하질 않는다.

결심했으면 빨리빨리 진행하는 게 맞다.

"미쉘?"

"예쓰, 보스."

"넌 월급이 얼마야?"

미쉘이 당황한 듯 파란 눈으로 강찬을 보았다.

"사실 아직 못 정했어. 나중에 의논해서 정하려고."

강찬은 고개를 끄덕여 주었다.

"임 실장님은 한 달에 얼마 받으세요?"

"이백오십 정도 됩니다."

처참한 수준이다. 강찬은 자존심이 확 상했다.

"펜 좀 줘 봐."

미쉘이 고개를 들자 경리 최유진이 얼른 볼펜을 들고 왔다.

"거꾸로 시작하자."

강찬은 계약서를 들어 연습생들 것을 한쪽으로 밀었다.

"임 실장님, 근처에 이 정도 되는 거 두 개 층 얻을 데가 있나요?"

"아래층이 비어 있습니다."

"오늘이라도 그거 계약하세요."

"예?"

"사무실 하나가 더 필요해서 그러니까 오늘 중으로라도 계약하시라구요."

"예."

임수성이 미쉘의 눈치를 살폈다.

"아, 참, 얼마 정도 필요한가요?"

이하연이 '그럼 그렇지.' 하는 표정을 지었다.

"보증금 오천만 원이면 될 겁니다."

"그럼 그거 얻어서 사무실을 새로 꾸며 주세요. 내 방도 하나 만들어 주고, 여기 계신 분들도 방에 들어가게 하고. 그 정도 넓이는 되죠?"

"충분합니다."

"그럼 이 공간은 연습생들 휴게실로 하면 되겠네요."

"그렇죠."

임수성이 얼떨떨한 표정으로 고개를 끄덕였다.

"이달부터 코디, 메이크업 분들은 전부 정규 직원으로 고용하고 한 달에 이백오십만 원씩 지급하세요."

직원들의 고개가 불쑥 올라왔다.

강찬은 풀썩 웃은 다음 '로드 분들은 이백씩.' 하고 커피를 한 모금 마셨다. 그러고 나서 미쉘에게 고개를 돌렸다.

"미쉘은 일 년에 일억 오천."

"보스!"

"임 실장님은 일 년에 칠천, 김재태 부장은 일 년에 오천."

임수성과 김재태의 얼굴이 붉게 변했다.

강찬은 얼이 빠져 있는 듯한 최유진을 보았다.

"최유진 씨는 얼마 받았어?"

"예? 저요? 저는 한 달에 백만 원이요."

"그런 일단 이백에서 출발하자. 그만두지 않으면 계속 올라갈 테니까. 오케이?"

"예! 감사합니다. 감사합니다, 대표님!"

최유진이 깡패 흉내라도 내는 것처럼 고개를 꾸벅 숙였다.

"연습생들은 지금 지원하는 것처럼 똑같이 하고 전부 한 사람당 칠십만 원씩 줘. 그래야 연습할 맛이 나지. 그리고 이 계약서 전부 바꿔. 언제고 나갈 수 있는 걸로."

이하연이 코웃음을 픽 하고 웃었다.

"마지막으로 은소연."

"예?"

강찬은 계약서를 들여다보았다.

"계약금 삼천을 받은 걸로 돼 있는데 맞아?"

은소연이 고개를 떨구자 미쉘이 얼른 '그중에 반만 받았어.'라고 대신 답을 했다.

"저 친구도 내일 계약서 다시 써. 계약금 일억. 그리고 이런 엿 같은 계약서 말고 다른 곳에 가고 싶으면 받은 금액만 돌려주는 걸로 바꾸고."

"정말 뭘 모르시네."

이하연이 발끝을 까딱거렸는데, 그러면서도 표정 끝에 아쉬움이 살짝 묻어났다. 참고 있었으면 저도 뭔가를 얻을 것 같았나 보다.

"미쉘, 융스벤처스라는 프랑스 회사 알아?"

질문한 강찬이 당황할 정도로 미쉘의 눈이 커졌다. 그뿐만이 아니라 이하연과 성소미가 귀를 쫑긋했고, 임수성은 고개를 쑥 내밀기까지 했다.

"거긴 세계적인 투자회사야. 영화나 드라마 공동 제작 지원이 많은데 기본 투자가 우리 돈, 백억 이상인 곳이야."

그게 그렇게 놀랄 일인가?

샤흐란이 하도 200억, 200억 지랄을 해 대서인지 강찬은 100억이 그리 크게 실감 나지 않았다. 솔직히 100억이나 200억이나 돈가스를 몇 개 살 수 있는지 모르는 건 같다.

"내일 그쪽에 드라마 제작 협조 요청해."

"융스벤처스에? 우린 주연으로 은소연 말고는 정한 것도 없어, 보스. 그쪽에서는 거들떠보지도 않을 거야."

강찬이 피식 웃고는 고개를 끄덕였다.

"얘기됐으니까 공식적으로 투자 신청만 해."

미쉘이 잠시 굳은 사람처럼 꼼짝도 하지 않았다.

"후- 우, 오케이, 오케이, 차니, 보스."

남산호텔에서 본 프랑스 갱에 라노크 대사, 공트자동차와 연관 있는 강찬을 떠올린 미쉘이 넋이 나간 얼굴로 대답했다.

"저, 대표님."

임수성이 강찬을 조심스럽게 불렀다.

"정말 융스벤처스와 말씀이 있었습니까? 제 말은, 의심하는 게 아니라, 우리나라에 처음 투자하는 거라서 연예계 쪽이 발칵 뒤집힐 일이라서요."

덩치는 남산만 한 임수성이 당황한 듯 겨우 말을 마쳤다.

"분명 답이 있을 겁니다. 기본적인 투자를 할 걸로 아는데, 내일 투자 신청하고 뚜껑을 열어 보면 정확하게 알겠죠."

"디아이가 제작하는 드라마로 말씀이시죠?"

"그렇죠."

밖에서 갑자기 '와!' 하는 탄성이 터졌다가 삽시간에 조용해졌다.

"우리가 직접 제작하면 작은 역할이라도 하나씩 맡을 기회가 생겨서 저럴 겁니다. 융스벤처스에서 투자한 드라마라면 기본적으로 유럽의 웬만한 나라와 일본에는 거의 수

출됩니다."

"그렇군요."

답을 하면서도 임수성은 믿기지 않는 얼굴이었다.

은소연은 동상처럼 굳어 있었다.

"내일 삼억을 보낼 테니까 아래층 계약해서 우리가 쓰기 편하게 수리해 놓고, 쟤 계약금하고 애들 급여랑 다 내 말대로 처리해 놔."

"예쓰, 보스."

"그럼 다 끝난 거지? 나 간다."

"차니! 쏘리, 보스. 저녁 함께 먹고 가."

"그랬으면 좋겠는데 갑자기 정해진 약속이라서 가 봐야겠다. 임 실장님."

"예, 대표님."

"내일부터 이 사무실과 아래층 어디에서도 저 둘은 안 보이게 해 주세요."

"알겠습니다."

이하연은 돈을 뺏긴 얼굴이고, 성소미는 그런 이하연을 원망하는 눈치였다.

제깟 년들이 그러거나 말거나.

강찬이 일어서자 두 년을 제외하고 모든 직원들이 약속이나 한 것처럼 벌떡 일어섰다.

김재태가 잽싸게 문을 열어 주어서 강찬이 밖으로 나오자 연습생들이 일제히 박수를 쳐 댔다.

"하나, 둘, 셋!"

"대표님! 정말정말 감사합니다! 열심히 하겠습니다!"

그중 하나가 숫자를 센 후, 합창하듯 다 같이 인사말도 외쳤다.

강찬이 풀썩 웃어 주고 현관으로 향하자 깡충깡충 뛰면서 입을 틀어막고 소리 지르는 아이들도 있었다.

임수성이 인사를 하고는 얼른 문을 닫았다. 미쉘과 둘이 있게 해 주고 싶은 모양이었다.

와락!

미쉘이 뛰어들어서 강찬은 하마터면 뒤로 넘어질 뻔했다.

"읍."

기습 키스다.

프랑스 년이 이 정도 흥분한 순간이면 충분히 인정할 만한 수준이어서 강찬도 가볍게 입을 맞춰 주고 고개를 뺐다.

"무겁다."

강찬에게 딱 붙은 미쉘의 몸이 뜨겁게 느껴질 정도로 달아 있었다.

"보스, 오늘 너무 멋져서 숨이 막히는 거 같아."

허리를 꿈틀대며 미쉘이 아래를 너무 붙여서 강찬은 커다랗게 고개를 저었다.

"여기까지 하자, 미쉘. 힘든 일 맡겨서 미안하다."

"노우, 보스. 나 지금 완벽하게 행복해."

쪽.

미쉘이 또 한 번 입술을 마주치고 마침내 몸을 뗐다.

"전에 혹시 사업해 본 적 있어?"

사업은 개뿔. 성격대로 휘젓는 것뿐이지, 탄약 한 개 팔아 본 적 없다.

강찬은 웃으며 고개를 저었다.

속없이 몸이 반응해서, 손을 흔들어 주고 계단을 내려오는데 걸음이 이상했다.

⚜ ⚜ ⚜

집에 돌아왔을 때 유혜숙은 탁자에 한가득 서류를 늘어놓고 행복한 얼굴이었다.

'아들!' 소리를 세 번쯤 들은 후에 간단하게 몸을 씻고 강찬은 탁자로 갔다.

"지난번에 그 서류잖아요?"

"그래. 아들 덕분에 더 많은 곳을 지원할 수 있을 것 같아서 미리 선별해 놓으려고."

"정말 아깝지 않으세요?"

유혜숙이 강찬을 살짝 보았다가 환하게 웃었다.

"엄만 다른 여자들이 하는 고급 가방이나 옷 같은 거, 하나도 안 부러워. 대신 이게 엄마가 하는 사치야. 내가 하고 싶어서 하는 거. 아빠가 이해해 주셔서 다행인데, 아들도 엄마 이런 거 그냥 이해해 주라."

"정말 좋아 보여요. 저는 그러면 됐어요."

"고마워, 아들. 이거 십 분만 더 보고 밥 차려 줄게."

유혜숙을 방해하고 싶지 않아서 강찬은 방으로 향했다. 침대에 털썩 앉았는데 노리기라도 했던 것처럼 행복을 좀먹는 전화가 울렸다.

"샤흐란."

[좋은 소식이 있나?]

"제대로 하나 만들었지. 야구장. 어때?"

[훌륭하군, 강찬. 장소와 시간은?]

샤흐란의 음성에 묘한 흥분이 깃들었다. 이 새끼는 요럴 때 바람을 빼 줄 필요가 있다.

"샤흐란, 난 스미든 같은 멍청이가 아니야. 돈은?"

[돈을 건네줬는데 약속이 어겨지거나 거짓 약속일 때는 어떻게 하나?]

"믿지 못하겠다면 없던 일로 하자, 샤흐란."

[그렇게 하면 네가 소중하게 생각하는 사람 하나가 세상에서 없어지는데도?]

칼자루는 확실히 샤흐란이 잡은 느낌이었다. 그러나 한번 뒤를 잡히면 계속 끌려간다.

"샤흐란, 넌 유럽을 처먹는 일이라면서? 그거에 비하면 이백억은 고작 돈가스 정도밖에 안 되는 거 아닌가?"

하필이면 돈가스를 댔을까? 좀 더 멋진 비유도 많을 텐데.

[흠, 일정까지 시간이 얼마나 남았나?]

"그런 식으로 넘겨짚는 건 좋지 않아, 샤흐란."

[회사를 통해서 자금을 이체시키려고 하는 거다. 물리적 시간이 필요해서 시간을 맞춰 볼 필요가 있지.]

누군가 샤흐란의 곁에서 도움을 주고 있다는 느낌이었다.

"월요일까지는 내 손에 돈이 쥐어져야 해, 만약 그렇지 못하면 이 거래는 없는 걸로 하겠다. 그리고 샤흐란."

침을 삼키는 소리만 들렸다.

"너도 그렇게 내 눈에서 멀리 떨어져 있지 않다는 것만 알아라."

말을 마친 강찬은 그대로 전화를 꺼 버렸다.

개새끼. 약 좀 오를 거다.

"아들! 밥 먹자."

"예!"

강찬은 기분 좋게 저녁을 먹으러 거실로 향했다.

⚜   ⚜   ⚜

방에 돌아와 침대에 눕자 잠이 쏟아졌다. 느닷없이 20킬로미터를 달렸으니 그럴 만하다.

'그만 좀 자자!'

몸뚱이가 미쉘이나 함 직한 아우성을 지르는 느낌이었다.

웅웅웅. 웅웅웅. 웅웅웅.

강찬은 어쩐지 고소했다. 한계를 이겨 내야 한다.

"어! 미영아!"

[나야! 지금 집에 왔어. 내일 바다에 갈 수 있어?]

"그래. 대신 열 시쯤 출발하자. 그럼 되지?"

[응! ㅎㅎㅎㅎ.]

"아침에 아파트 앞에 차 준비할 테니까 입구 밖으로 나와."

[알았어! 잘 자. 내일 봐.]

"잘 자라."

전화를 끊자 어쩐지 흐뭇한 웃음이 나왔다. 책상에 전화를 내려놓을 참이었다.

웅웅웅. 웅웅웅.

오늘은 정말 바쁘다.

석강호가 이 시간에 웬일이지?

"여보세요? 왜?"

[뭐하쇼?]

"그냥 늘어져 있어. 무슨 일인데?"

[나 아파트 앞이오. 괜찮으면 차나 한잔 땡깁시다.]

"그거 좋다. 바로 내려갈게."

강찬은 산책 좀 하고 오겠다고 하고 아파트를 내려갔다.

빵빵.

석강호가 운전석에서 손을 흔들었다.

"안 피곤하나?"

그렇지 않아도 석강호의 눈이 쑥 들어갔다.

"대장에게 비하겠소? 그래도 모처럼 기분이 상쾌하우."

이해한다.

모처럼 예전에 용병 시절 생각도 나고 해서 기분이 나쁘지는 않았다.

"나 다음 주에 이 옆 아파트로 이사오우."

강찬이 풀썩 웃자 석강호가 머리를 긁어 댔다.

"마누라 꿈이었다고 합디다. 그냥 그러라고 했소."

"잘했다."

"고맙소."

"쓸데없는 소리 자꾸 할 거면 가서 잘란다."

"뭔 소리요? 둘이 차 한잔 때리고 담배 하나 시원하게 깨물어 줘야지."

"뭔 소리야? 담배 끊었다고 하지 않았냐?"

"그거 사람이 할 짓이 아닙디다."

둘이서 '푸흐흐.' 하는 웃음을 웃어 가며 미사리의 커피숍에 갔다.

내일 김미영과 바닷가에 가는데 차를 좀 쓰고 싶다는 이야기, 다음 주 금요일에 이사한다는 이야기, 그리고 마지막으로 라노크의 미끼와 샤흐란의 반응, 디아이에서 있었던 일을 느긋하게 설명했다.

"수요일에 나갈 거지요?"

"그래야지."

"나도 갑시다."

강찬이 진지한 얼굴로 석강호를 보았다.

"라노크의 일은 너한테만 말한 거다. 자칫하면 내 쪽에서 말이 퍼져 나간 걸로 오해하기 쉬워. 그 부분은 내가 라노크와 따로 의논해 볼게."

"그렇기도 하겠소."

석강호가 담배를 입에 물며 고개를 끄덕였다.

"아! 그럼 이하연인가 하는 년은 잘라 낸 거네요."

"그렇지. 왜?"

석강호가 담배 연기를 뿜는 것을 보며 강차도 담배를 잡았다. 확실히 이 새끼랑 둘이 있으면 평소보다 훨씬 더 많이 피운다.

"주변에 물어보니까 그 계집애 인기가 장난이 아닙니다. 드라마에 나가는 영향력도 좀 있나 보구요."

석강호가 입을 움직일 때마다 담배 연기가 함께 쏟아져 나왔다.

"쯧, 그거 내 옆에 더 있으면 뺨따귀 맞고 기절하는 일만 남은 거다. 전에 내가 말했지? 딱 나이 든 허은실이라고. 속이 다 후련하다."

석강호가 '푸흐흐.' 하고 웃은 다음 '대장답소.' 하고는 담배를 껐다.

둘이서 낮에 있었던 훈련 이야기, 내일부터 석강호도 아침마다 달리기를 시작하겠다는 이야기, 납치된 일이 있기는 했지만, 갑자기 10억을 가져다주자 마누라가 밤마다 뜨거운 눈길을 보내서 사는 맛이 난다는 이야기들을 나누며 시간을 보냈다.

노곤한 게 훈련을 뛰고 와서 저녁에 함께 앉아 있는 기분이었다. 전투의 끝이 독기를 남긴다면 훈련의 끝은 어딘가 개운함을 남긴다.

강찬은 석강호를 내려다 주고 아예 차를 아파트 주차장에 세웠다. 방문자 차량으로 해 놓아서 하루쯤은 문제 될 것도 없었다.

아파트로 돌아와 적당히 인사를 하고 침대에 누웠다.

높다란 곳에서 떨어지는 것처럼 아찔한 느낌이 들면서 잠이 쏟아졌다.

'내일부터는 매일 20킬로미터씩 달려 볼까?'

몸뚱이가 강찬의 의식을 꺼 버린 것처럼 깊게 잠이 들었다.

⚜ ⚜ ⚜

잠깐 졸고 일어난 것 같은데 아침이었다.

잠시 일어나 스트레칭을 하자 몸이 날아갈 것 같았다.

강찬은 가벼운 차림으로 밖으로 나와 몸을 좀 더 풀어 준 다음, 아파트를 달려 나갔다.

숨어 있던 근육통과 피로가 싹 달아나는 느낌. 달리면서 느껴지는 고통이 묘한 쾌감으로 다가왔다.

물론 10킬로미터만 뛰었다. 단번에 2배를 뛰는 건 확실히 위험한 짓이다. 차라리 시간을 내서 오후에 한 번 더 뛰다가 몸이 완전히 받아들이면 내처 20킬로미터를 뛰는 게 맞다.

수요일에 라노크의 일도 있고 해서 몸 관리를 하는 게 중요하다.

"어휴, 힘들지 않냐?"

"아버지는 회사 일 하시잖아요."

강찬이 흘린 땀을 보며 강대경은 질린 얼굴을 했다.

샤워를 하고 나서 디아이 법인 통장에 무려 다섯 번에 걸쳐 송금을 한 뒤에 함께 아침을 먹었다. 송금 한도를 늘려 둘 필요가 있었다.

"내일 상정 보육원 가는 건 어떠니?"

"예. 같이 가고 싶어요."

"모처럼 다 함께 움직이는 거구나."

제대로 해 주지 • 235

강대경만큼이나 유혜숙도 반가운 얼굴이었다.

"아들, 오늘은 뭐할 거야?"

"미영이랑 바닷가 가 볼까 하는데요? 회도 먹고 싶다고 하고."

"미영이랑?"

"예. 왜요?"

유혜숙은 놀란 듯한 반응을 얼른 감추고 어색하게 웃어 주었다.

"재미있겠다. 용돈은 있니?"

강대경이 얼른 끼어들어서 분위기를 편하게 만들어 주었다.

"충분히 있어요. 전에 통역비 받은 거 아직 남았거든요."

"건전하게 만나는 거지?"

강대경의 조심스러운 물음에 강찬이 풀썩 웃었다.

"친구잖아요. 앞으로 좋아하는 사람이 생기면 솔직하게 말씀드릴게요. 그런데 엄마 같은 사람이 없네요. 저도 정말 엄마처럼 예쁜 여자 만나고 싶은데."

강대경이 '많이 늘었다! 엄마에게 제대로 먹힌 거 같은데?' 하는 눈빛으로 웃었고, 유혜숙은 '어머, 얘는! 엄마보다 훨씬 예쁜 여자 만나야지.' 하면서도 연신 웃음을 감추지 못했다.

밥을 먹고 강찬이 나간 후에 유혜숙은 강대경 앞에 차를 놓아 주었다.

"미영이네 부모가 마음에 걸려서 그래?"

"당신은 엄마들을 잘 몰라서 그래. 저러다 미영이 성적이 떨어지면 찬이가 죄 원망을 뒤집어쓰니까."

"그렇진 않을 거다. 내 자식이라서가 아니라 만약 내가 미영이 아버지라면 우리 찬이 절대 안 놓친다."

유혜숙이 눈을 껌벅이며 강대경을 보았다.

"프랑스어를 현지인처럼 하지, 국비 장학생 초청 있지, 공트자동차에 영향력 행사하는 거 보면 우리나라 어지간한 장, 차관보다 낫지, 무엇보다 눈빛을 보면 저놈은 뭘 해도 제대로 하겠구나 싶거든."

꿈을 꾸는 것 같은 유혜숙의 표정을 슬쩍 본 강대경이 기분 좋은 미소를 떠올렸다.

"첫날 호텔에서 상담할 때 찬이의 눈빛이 아직도 생생해. 집에서 기다리는 당신을 위해서 하는 일이라고 했던 거 같은데. 그때 그런 생각이 들었어. 이 녀석이 있다면 당신은 걱정 안 해도 되겠구나 하는 생각."

유혜숙이 손으로 입을 가리다가 의자에서 일어나 강대경을 꼭 안았다.

"그래도 당신, 내 옆에 꼭 있어 줘야 돼."

"난 늘 당신 곁에 있을 거야. 우리, 이렇게 둘이 꼭 붙어서 찬이가 성장하는 걸 함께 지켜보자."

유혜숙의 팔에 힘이 들어가자 강대경이 유혜숙을 안아서 들어 올렸다.

"괜찮지?"

유혜숙이 빠르게 고개를 끄덕였다.

⚜ ⚜ ⚜

석강호가 알려 준 공항 쪽 바닷가를 향해 가는 길이다. 토요일인 데다 휴가철이어서 길이 꽤 막혔다.

급할 게 없어서 둘이 음악도 듣고 같이 고개도 까딱거리며 자동차 전용 도로에 들어섰다. 아직 쉬프가 몇 대 없어서인지 옆쪽으로 지나가는 차들이 강찬과 자동차, 그리고 김미영을 번갈아 보며 지나가곤 했다.

김미영은 운전하는 강찬을 보며 행복한 얼굴이었다. 가끔 특유의 '<u>호호호.</u>' 하는 웃음을 웃었는데 눈 끝이 예쁘게 떨어져서 보기 좋았다.

시간이 11시쯤 됐을 때 공항으로 빠지는 길에 접어들었다. 점심 먹기 적당한 시간에 도착할 것 같았다.

웅웅웅. 웅웅웅. 웅웅웅.

분위기 깨는 데는 전화만 한 게 없다. 그것도 이럴 때 미쉘이 하는 전화라면 더더욱.

강찬은 음악을 끄고 프랑스어로 전화를 받았다.

"알로."

[보스!]

미쉘은 당황하고 놀란 음성이었다.

"왜 그래? 무슨 일이야?"

미쉘은 눈치가 빠르다. 강찬이 프랑스어로 말을 하자 그에 맞춰서 프랑스어로 대답했다.

[융스벤처스에서 조금 전에 전화가 왔어! 오늘이 토요일인데 융스벤처스 CFO가 직접 회사로 전화를 했다구!]

고작 국제전화 한 통 온 것이 이렇게 흥분할 일인가? 놀란 음성이어서 샤흐란이 무슨 짓을 했나 싶었던 강찬은 살짝 한숨을 내쉬었다.

[융스에서 우리에게 1차로 투자하는 금액이 백억이야, 보스! 필요하면 두 번에 걸쳐서 더 해 주겠대! 유럽 쪽 매체에서 먼저 알고 확인 전화가 오는데 이쪽은 지금 미쳤어. 미친 거 같아, 보스!]

강찬이 보기에도 제정신이 아닌 게 분명했다.

[나 어떡해? 미쳤나 봐! 여기 직원들도 다 그래! 어쩜 좋아!]

혼자라면 얼른 달려가서 뺨따귀를 한 대씩 때려 주면 좋으련만.

"토요일이다. 괜히 직원들 고생시키지 말고 얼른 퇴근해라."

[노우, 보스! 오늘은 내가 쏠 거야. 우리 다 같이 남산호텔에 놀러 가기로 했어. 사무실 계약해서 조금 뒤에 인테리

어 업자도 와! 꺄아아아! 너무 좋아서 가슴이 터져 버릴 것 같아, 보스!]

강찬이 인상을 버럭 쓰며 전화기를 멀리하자 김미영이 놀란 얼굴로 보았다.

"잘된 거 맞지?"

[이예에쓰! 보스!]

강찬은 전화를 냅다 끊어 버렸다. 미친년을 오래 상대해 봐야 이쪽만 손해다.

전화벨이 다시 울렸다.

"미쉘, 이쪽은 오래 통화하기 어려워."

[대표님, 임 실장입니다.]

이것들이 돌아가면서?

[이렇게 주신 기회, 절대로 놓치거나 망치지 않도록 최선을 다하겠습니다. 직원들이 할 말이 있답니다.]

멀리서 '하나, 둘, 셋!' 하는 소리가 들려서 강찬은 얼른 전화기를 귀에서 뗐다.

[대표님! 열심히 하겠습니다. 정말 정말 감사합니다! 사랑합니다, 대표님! 꺄아아아아아!]

헛웃음을 웃으며 강찬이 전화를 껐을 때, 김미영은 정말 어리둥절한 얼굴이었다.

"신경 쓰이게 해서 미안."

"무슨 일이야? 누군데 대표라고 부르고 저래?"

강찬은 김미영을 슬쩍 본 후에 전화기를 홀더에 내려놓았다. 다친 모습을 보이는 것과 위험한 일이 아니라면 가족들과 석강호, 그리고 김미영에게만큼은 거짓말을 하고 싶지 않았다. 그렇다고 곧이곧대로 말하기도 어렵다.

"사실 디아이란 회사, 대표이사를 맡았어."

"회사? 대표이사?"

"응. 드라마 제작사인데 어머니랑 아버지는 아직 잘 모르셔. 공트자동차 소개해 준 분이 드라마 제작 투자 회사하고 친해서 투자 끝낼 때까지만 임시로 맡기로 한 거야."

　　제 궤도에 오르면 실제로도 미셸에게 맡겨 놓을 참이어서 그다지 마음에 걸리지는 않았다.

"외국어를 잘하니까 좋은 점이 정말 많다."

"이렇게 번 돈은 저축할까 해. 그래서 나중에 프랑스 유학 갈 때 부모님께 손 안 벌리게."

　　김미영의 얼굴이 환하게 밝아졌다가 그보다 더 빠르게 어두워졌다.

"왜?"

"네가 힘들 게 번 돈이잖아. 거기다 넌 국비 장학생이어서 학비 들 일도 없고. 그런 건 싫어."

"푸흐흐."

　　김미영이 서운한 얼굴로 강찬을 흘깃 보았다.

"전에 우리 어머니가 국비 장학생으로 뽑혔는데 군대 제대한 아버지 기다려 주느라고 다 포기하셨었대. 그런 거 보면서 난 부럽던데? 넌 그런 거 못하겠네?"

"왜 못해? 너 군대 가면 공부만 열심히 하면서 기다릴 거야."

김미영의 진심을 보는 거 같아서 강찬은 기분 좋았다.

"나두 그래. 대신 우리는 누가 희생하는 거 하지 말고 둘 다 잘되자. 외교관 남편, 뭐 이런 거 한 번 해 보게. 그래서 나중에 인터뷰 같은 거 할 때, 남편이 학비 대줬다고 말해 주라. 그럼 내가 정말 멋져 보이잖아."

김미영이 촉촉하게 젖은 눈과 불그레한 볼을 하고 있어서 강찬은 깜빡 잊고 있었던 '단순이'란 별명이 불쑥 떠올랐다.

"그럴 수 있지?"

"응!"

김미영이 배시시 웃는 모습이 좋아서 강찬은 머리를 쓸어 주었다.

어떤 때는 여동생 같다가 어떤 때는 마음이 훅 간다. 이대로 조금씩 같이 지내면서 김미영이 좀 더 커서도 변하지 않는다면 이런 아이랑 함께 사는 것도 나쁘지 않을 것 같았다.

유학도 마찬가지다. 외교관 부인이 되어 달라고 하고 먼저 가라면 이 아이는 그럴 것만 같다.

함께하는 유학과 외교관 부인 얘기가 의외로 효과가 좋았다. 김미영은 기분이 풀어져서 강찬의 손에 깍지를 끼고 흔들기도 했고, 혼자 흥얼거리기도 했다.

바닷가에 도착한 시간은 얼추 1시 30분쯤 되었다. 도로에서 빠져나가 좁은 골목을 지나자 눈앞에 바다가 펼쳐졌고, 그 앞으로 빈 곳을 찾을 수 없을 만큼 엄청난 음식점들이 늘어서 있었다.

강찬의 차로 벌 떼처럼 장사꾼들이 매달려서 '조개구이'와 '민박', 그리고 회가 맛있다고 손짓을 했다. 강찬은 석강호가 일러 준 가장 안쪽 집에 차를 대고 식당에 들어섰다.

아주머니가 그냥 내리라고 하면서 강찬과 김미영을 향해 어색한 웃음을 지어 보였다.

"젊은 분들이 정말 잘 어울리네. 얼른 안으로 들어가요. 내 잘해 드릴게."

처음 보는 외제차에서 내린 두 사람의 정체를 애써 외면하는 얼굴이었다.

강찬은 바닷가에 놓인 테라스에 자리를 잡았다.

"와! 정말 좋아!"

"뭘로 드릴까?"

김미영의 감탄을 주인아주머니가 메뉴판으로 뚝 잘랐다.

"광어회로 주세요."

"광어회! 술은?"

김미영의 표정이 굳어진 것을 아주머니는 노련하게 외면하며 강찬을 보았다.

"됐어요. 그냥 회나 주세요."

"알았어요!"

석강호랑 왔으면 벌써 소주 일병, 맥주 일병을 시켜서 시원하게 한잔했을 텐데. 시킬까도 생각해 봤지만, 김미영을 놀라게 할까 봐 그냥 두었다.

김미영은 바다 한 번, 강찬 한 번, 다시 바다 한 번, 강찬 한 번을 보면서 '흐흐흐흐.' 하고 웃었다.

바닷물이 가게 앞까지 들어와 있어서 꼬마들을 앞세운 가족들, 연인들, 그리고 친구들이 노는 모습이 바로 눈앞에 있었다.

"성적 떨어지면 안 돼."

시선을 바다에 빼앗겼던 김미영이 강찬을 보고는 활짝 웃었다.

잠시 후, 주인이 음식을 잔뜩 가져왔는데 솔직히 회는 별로였다. 굶주렸던 광어를 잡은 건지, 회 자체가 비쩍 마른 데다 퍽퍽하기까지 했다.

불과 이틀 전인가, 남산호텔에서 먹었던 비싼 회가 떠올라서 강찬은 김미영에게, 그리고 강대경과 유혜숙에게 미안한 마음이 들었다.

"맛있다."

김미영은 몇 장 되지도 않는 상추에 회를 싸서 맛있게 입에 넣었다.

"왜?"

"예뻐서 그래."

"흠흠흠."

입에 음식이 담겨 있어서 웃음소리가 이상하게 나왔다.

테라스의 난간에 팔을 걸치고 김미영에게 보조를 맞추느라 회를 간간이 먹으면서 이야기를 나눴다.

앞으로 한 5년? 아니면 외교관이 될 때까지 한 7년?

회, 떡볶이, 돈가스, 이거저거 열심히 먹여서 키우다 보면 답이 나올 거다. 김미영이 중간에 다른 선택을 하더라도 아쉬움은 남을망정 후회는 하지 않기로 했다.

회를 다 먹은 다음에 매운탕이 나왔다.

글자 그대로 뼈만 남은 생선에 채소 몇 가지와 라면 수프를 때려 넣은 맛이었다. 김미영도 맛있다고는 했지만, 많이 먹지는 않았다.

"바다 걸을래?"

"응! 응!"

모지리.

옆 사람들이 힐끔 시선을 던졌지만, 강찬은 상관없었다. 그냥 내 눈에 예쁜 거다.

'이래 봬도 얘가 전교 1등이다.'

아파트 아줌마들 같은 생각을 하며 강찬은 자리에서 일어났다. 계산은 카드로 했고, 김미영과 둘이 바닷가로 나갔다.

"와아아!"

달려오는 바닷물을 따라 도망 왔다가 물을 따라 뛰어갔다. 30분쯤 해변을 펄쩍거리던 김미영은 결국 신발은 물론이고 발목까지 홀랑 젖고 말았다.

둘이 모래사장과 도로를 가르는 시멘트벽 위에 앉아서 바다를 보았다.

강찬이 속으로 '담배 하나 피우면 좋겠다!' 할 때 김미영이 어깨에 머리를 기댔다.

평화로운 시간이다.

좋은 부모, 이전의 삶을 함께 기억하는 석강호, 김미영, 그리고 새롭게 알게 된 김태진까지. 좋은 사람들이 참 많다.

샤흐란을 잡아야 이 사람들을 지킬 수 있다는 것이 아쉽기는 했지만, 복수도 마치고 남은 사람들을 지키기 위해서라면 반드시 해야 할 일이다.

또 30분이 지났는데도 옷은 말랐는데 신발은 그대로였다. 더구나 모래까지 잔뜩 묻었다.

둘이 식당에 가서 차 키를 받는데, 아주머니가 호스를 가져와 대뜸 김미영의 발에 부었다.

"이대로 차 타면 차 다 버려요."

깜짝 놀랐던 김미영이 강찬에게 미안한 얼굴로 신발에 묻은 흙을 털어 냈다.

"뭐해요? 얼른 업어."

아주머니가 시선으로 김미영을 가리켰다.

여기서 싫다고 하면 김미영이 무안해진다. 강찬은 기분 좋게 그녀의 앞에서 자세를 낮췄다.

"신발 안쪽 모래 털고, 차를 빼 놓을 테니까 저기까지 걸어갔다 와요. 여기 오면 다 하는 거야."

엄한 년들한테 비싼 회를 처먹이고, 말라비틀어진 회를 먹인 게 미안하던 참이다. 강찬은 김미영을 업고 해변으로 이어진 길을 걸었다.

"찬아."

"응?"

무심코 고개를 돌렸는데 김미영이 볼에 입을 맞췄다.

몸이 미쉘보다 더 뜨겁게 느껴졌다.

"사랑해."

등 뒤에서 김미영의 고백이 들렸는데 강찬은 대답하지 못했다. 아직은 이르다. 좀 더 시간이 지난 다음에, 인정할 수 있는 시간까지 선택권을 주고 싶었다.

해변이 그리 길지 않았다.

그래서 다행이었다. 조금만 더 길었다면 김미영의 몸이 타 버렸을지도 모른다.

⚜ ⚜ ⚜

집에 들어가기 전에 스파게티 먹고 강남의 팥빙수 전문점에서 빙수도 한 그릇씩 먹은 다음에 헤어졌다.
 차를 공영 주차장에 세웠을 때 김미영은 무척 아쉬운 얼굴이었다.
"이리 와."
 강찬이 팔을 벌려 주자 김미영이 폭 안겼다.
"내일부터 정말 열심히 공부해. 외교관 알지?"
"응!"
 강찬의 가슴에 볼을 묻고 김미영이 힘차게 대답했다.
"가자."
 몸이 또 뜨거워지는 느낌이어서 강찬이 웃으며 김미영을 다독였다. 정면에서 안았더니 자신도 위험할 뻔했다.
 택시를 타고 돌아왔고, 김미영이 먼저 들어갔다.
 강찬은 벤치에 앉아 석강호에게 전화를 걸어 차를 공영 주차장에 세웠다고 알려 주었다. 가족끼리 외식 중이라 집에 가서 전화하겠다는 것을 내일 저녁까지 쉬라고 일러 놓았다.
 집에 들어갔을 때 강대경과 유혜숙은 TV를 보고 있었다. 셋이 과일 먹고 함께 오락 프로그램을 보며 웃었다.
 그렇게 토요일이 무사히 넘어갔다.
 침대에 누운 강찬은 멍하니 천장을 바라보았다.
'샤흐란, 빨리 끝내자.'
 결전의 날이 얼마 남지 않아서 빨리 승부를 내고 싶었다.

⚜ ⚜ ⚜

 일요일은 전쟁이나 전투가 있지 않은 다음에야 군인도 쉰다.

 강찬은 아침 운동을 걸렀는데 확실히 몸이 찌뿌드드했다. 몸도 아는 거다. 그래서 달리라고 꼬드긴다. 그런데 이렇게 하루 쉬고 나면 다음 날은 또 뛰기 싫어서 버둥거린다.

 운동이란 몸이 가진 한계를 이겨 내는 것이 기본이다.

 아침으로 모처럼 강찬이 만든 오믈렛을 셋이 먹고 10시 30분경에 상정 보육원으로 출발했다.

 지하에 세워진 차는 쉬프였다.

 "차 바꾸셨네요?"

 "내가 다른 걸 타고 다니면 사람들이 이상하게 생각하지."

 강대경이 으쓱해하며 운전석에 올랐고, 유혜숙이 조수석, 당연히 강찬은 뒤에 탔다.

 일요일 오전답게 한가한 도로를 40분쯤 달려서 상정 보육원에 도착했다.

 가장 먼저 원장이란 분을 만났는데 예상보다 눈빛이 날카롭고 엄하게 생겼다. 조금 더 인자하게 생겼으면 좋았겠지만, 그걸 뭐랄 수는 없었다.

 운영비 지원에 관한 이야기를 나누는 거라 강찬은 보육원 마당에 있는 부서진 벤치에 엉덩이를 걸치고 주변을 둘러보았다.

기역 자로 갈라진 건물의 왼쪽이 보육원, 오른쪽이 양로원인 모양이다.

점심시간이었는지 커다란 양동이에 밥, 된장국, 그리고 깍두기, 단무지를 담아 가는 것이 보였다.

'저런 걸 먹나?'

하기야 가장 형편이 좋은 곳이 매월 200만 원가량 부족하다고 했으니까.

강찬이 씁쓸한 시선으로 입구를 바라볼 때였다.

함께 사는 누군가가 잘라 준 것 같은 머리 모양의 여자아이가 문을 잡고 고개를 살짝 내밀었다.

눈이 마주친 아이가 얼른 고개를 감췄다가 다시 조심스럽게 내민다.

강찬이 풀썩 웃자 여자아이가 부끄러운 듯 고개를 꼬고 문에 숨는다.

"여기서 뭐해? 얼른 밥 먹어야지."

20대 중반으로 보이는 체격이 작은 여자가 강찬을 흘깃 보고는 아이의 팔을 잡고 안으로 들어갔다.

강찬은 갑자기 이전의 삶이 떠올랐다.

돈가스가 미치도록 먹고 싶었었다.

아이들에게 손 한 번 내밀면 굳이 뺏지 않아도 그 정도 사 주겠다는 놈들은 있었다.

'통장에 있는 돈하고 디아이에서 월급 받은 걸 여기에 보내면 밥은 제대로 먹일 수 있지 않을까?'

강찬이 멍하니 앞을 보고 있을 때 강대경과 유혜숙이 밖으로 나왔다.

"아이들 거처를 한번 둘러보시죠."

"아닙니다. 식사를 방해할 것 없이 다음번에 인사하겠습니다."

강대경이 점잖게 원장과 악수를 나눴고, 유혜숙과 강찬은 고개를 숙여 보이고 보육원 밖으로 나왔다.

차에 올라서 집으로 향하는데 분위기가 뻑뻑했다.

"점심이라도 먹고 들어갈까?"

5분쯤 지나서야 강대경이 입을 열었는데, 유혜숙의 뜻에 따라 집으로 향했다.

궁금하다고 다 알려고 해선 안 된다.

강찬은 점심을 먹고 방으로 들어와 컴퓨터로 이런저런 궁금한 것들을 검색한 후에 침대에 몸을 눕혔다.

'차라리 운동이나 할까?'

아니면 산책이라도 하는 게 좋을 수도 있겠다.

그가 몸을 일으켰을 때였다.

웅웅웅. 웅웅웅. 웅웅웅.

기다리던 샤흐란의 전화가 울렸다.

"여보세요?"

[강찬, 내일 홍콩의 실버 하베스트 은행의 계좌와 비밀번호를 주겠다. 한국은 규제가 까다로워서 월요일까지 다른 방법은 없다.]

스위스에 있다던 돈이 그사이 홍콩까지 온 거다. 강찬은 라노크와 이야기를 나눠 볼 생각이었다.

"좋아, 샤흐란. 내일 아침에 비밀번호를 바꾸고 나면 장소와 시간을 정해서 알려 주지."

[그 계좌는 비밀번호는 바꿀 수 있더라도 칠 일간 송금은 금지되어 있어. 그 점을 명심해.]

"급할 게 없으니까."

강찬은 전화를 끊었다.

라노크를 해결한 다음에 출국하겠다는 계획일 거다. 강찬은 라노크에게 전화를 걸어 통화 내용을 알려 주었다.

[무슈, 강. 내일 계좌와 패스워드를 받는 대로 반드시 통화로 알려 주세요. 문자는 위험합니다.]

"그렇게 하겠습니다, 대사님. 그리고 이렇게 되면 내일은 수요일 야구장 스케줄을 알려 줘야 할 겁니다."

[당연한 일입니다. 무슈, 강.]

대화가 끝났다.

최소한 수요일까지 라노크를 노리는 조직이 어디인지는 알 수 있을 거다. 그 외에 잘하면 샤흐란까지 잡는다.

강찬은 잠시 고민에 잠겼다.

프랑스 요원들만 믿고 라노크를 야구장에 던져두기는 위험한 일이고, 이런 일은 마무리를 철저하게 할 필요가 있었다.

강찬은 굳게 결심하고 전화를 들었다.

[일요일에 어쩐 일인가?]

"내일 잠시 뵐 수 있나요?"

[교관이 보자는데 나야 언제고 가야지. 어디로 갈까? 학교? 아니면 우리 회사로 한번 올래?]

이왕이면 석강호도 알고 있는 게 좋다.

"학교에서 뵈었으면 싶은데요."

[알았다. 오전에 바로 들르지.]

이제야 마음이 한결 홀가분해졌다.

월요일부터 수요일까지 계좌에 입금한 사람을 찾으면 대강은 윤곽이 나올 거고, 그건 전적으로 라노크가 해야 할 일이다.

그런데 이렇게까지 해 놓고 라노크의 신변에 문제가 생긴다면 이후는 그야말로 사면초가다. 라노크와의 대화를 숨기기 위해서라도 프랑스 정보총국이 강찬을 노릴지도 모를 일이다.

미친 새끼들. 왜 대한민국 안에서 유럽의 판도가 어쩌고저쩌고하는 짓거리를 하며 속을 썩일까?

일주일. 꼭 일주일이면 모든 게 정리될 수 있을 거다.

⚜ ⚜ ⚜

　월요일 아침, 운동을 다녀와서 아침을 먹을 때까지도 강대경과 유혜숙의 얼굴은 밝지 않았다.
　강대경이 출근하고 나자 강찬도 나가 봐야 할 시간이었다.
"무슨 일 있어요?"
　거실로 나온 강찬을 보며 유혜숙이 아쉽게 웃었다.
"우리가 지원하는 돈의 사용처를 지정하려고 했는데 보육원마다 그건 안 된대. 애들 먹는 거, 입는 거, 그리고 학비 지원을 하고 싶은 거였는데 보육원 일반 관리비로도 쓸 수 있게 하고 우리에게 관련 자료를 하나도 보여 줄 수 없다고 해서 아빠도 많이 서운해하고 계셔."
　이런 일이었구나.
　강찬이 고개를 끄덕이자 유혜숙이 말을 덧붙였다.
"애들이 자꾸 눈에 밟혀. 아빠는 관리 안 되는 지원은 무의미하다고 하는데 엄마는 그렇더라도 보내고 싶었거든."
"어려운 일이네요."
"너무 신경 쓰지 마. 좋은 방법을 찾아볼 거야."
"예. 그러시리라 믿어요."
　강찬은 기분 좋게 웃어 주고 아파트를 나왔다.

제7장

뒤통수를 쳐?

학교에 들어선 강찬은 뜻밖의 광경에 눈을 끔벅였다.

경호 회사 직원들과 운동부 아이들이 줄을 맞춰서 달리고 있었기 때문이다.

가시가지들 한다.

강찬이 운동부실에 거의 도착했을 때 안에서 김태진이 나왔다.

"일찍 오셨네요."

"누구 말이라고 게으름을 피워?"

딱히 대꾸할 말이 없었다.

"석강호 선생은 교무실에 다녀오신다던데?"

"바쁘시지 않으면 기다렸다가 함께 얘기하죠."

"그러지."

김태진이 편하게 대답하고는 운동장으로 시선을 돌렸다.

"저 나이로 돌아갈 수만 있다면 가진 걸 다 주고라도 그렇게 하고 싶네."

이 학교에 김태진까지 다시 태어나? 생각만 해도 몸서리가 처지는 일이다.

"주말에 자기들끼리 연습을 했던 모양이더군. 어디를 어떻게 맞았는지 되새기고 자세 연구도 하고. 무엇보다 눈빛이 살아난 게 마음에 들어."

"다행이네요."

"팔이 부러졌던 직원은 유급 휴가를 줬다. 지리산에 가서 아침저녁으로 산을 타겠다고 하더군. 눈빛은 그놈이 제일 살아났어. 팔에 통증이 느껴질 때마다 비겁했던 모습을 되새기겠다면서, 자네를 소개해 줘서 고맙다고 허리를 꾸벅 숙이더구면."

강찬이 풀썩 웃자 김태진이 슬쩍 시선을 주었다.

"이곳에 오고 싶어하는 직원들이 많아."

"월수금에 석강호 선생이 가기로 했잖습니까?"

"일주일에 한 번은 함께 와 주면 싶은데 어때?"

"생각해 볼게요."

단박에 거절하기 어려워서 강찬은 답을 미뤘다.

석강호와 그의 가족을 구할 때 보여 주었던 모습 때문이었다.

"어? 언제 왔소?"

둘이서 운동장을 보고 있자니 석강호가 뒤에서 다가왔다. 말을 뱉고는 조심스러운지 주변을 살폈다.

"어디 셋이서 얘기할 만한 데 없을까?"

"그럼 당직실로 갑시다. 담배 피우기도 그렇고, 차도 한 잔 마실 수 있어서 거기가 제일 좋수."

"그러자."

세 사람은 곧바로 당직실로 걸음을 옮겼다.

"여기요."

"학교에 이런 곳이 있었구만?"

김태진이 신기한 듯 당직실을 두리번거렸다.

석강호가 커피를 타서 건네준 다음이다.

강찬은 금요일에 라노크와 만났던 이야기, 어제 통화한 내용, 그리고 수요일 야구장에 라노크가 나오기로 한 일들을 차례대로 설명했다.

말이 끝나자 김태진은 얼떨떨한 얼굴이었다.

"프랑스의 대선에 유럽 판도가 바뀔 일이라니, 이 정도면 우리나라 정보원에서도 어느 정도는 감을 잡고 있겠는데?"

"친구분이 계시다면서요?"

"맡은 분야가 아니면 다른 쪽 내용은 전혀 알기 어렵지. 심지어 타 부서 직원 이름도 모르는 곳이니까."

하기야 정보를 처리하는 곳이니까 충분히 그럴 만도 하겠다.

"제 생각에는 샤흐란이 라노크를 제거하고 우리나라를 뜰 거 같거든요. 그런데 금요일에 엘리베이터에서 마주친 놈을 떠올리면 아무래도 라노크가 이번 일을 너무 쉽게 생각하는 건 아닌가 싶은데요."

"그렇진 않을 거야."

김태진이 고개를 모로 틀며 입을 열었다.

"프랑스 정보총국의 능력은 세계적으로도 유명하지. 용병뿐 아니라 각 분야에서 뛰어난 인재들을 계속 보급하니까. 게다가 중국 쪽이 움직인 것까지 알고 있는 눈친데 설마하니 방심할 리가 있을까?"

듣고 보니 그렇기도 하다.

"경호 업무는 협조가 무엇보다 중요한데 우리의 신분이나 임무를 밝히지 않는 것도 문제가 돼. 프랑스 요원들이 우리를 적으로 오인할 수도 있고. 쉽지 않은 문젠데."

전투는 몰라도 경호에 경험이 없는 터라 강찬은 고개만 끄덕였다.

"우선 관객석과 외곽에 우리 직원들을 깔아 놓자. 저쪽도 요원을 동원하는 데 한계가 있을 테니 그것까지는 문제 되지 않을 거다."

김태진이 입술에 힘을 주고는 잠시 계산하는 눈치였다.

"총을 사용하지 못하는 거라면 그럭저럭 막을 수도 있겠는데……."

"총기를 사용한다면요?"

강찬의 질문에 김태진이 고개를 절레절레 저었다.

"무조건 죽는다고 보는 게 맞아. 프랑스 대사의 비공식 일정이라 사전 점검을 하기도 어려울 거고."

강찬은 남은 커피를 입에 털어 넣다가 불쑥 떠오르는 것이 있었다.

"그럼 우리가 전날 저격 장소를 미리 선점하고 있는 것은 어떻겠어요? 보셔서 위험하다 싶은 곳에 직원들을 배치해 놓으면 되지 않을까 싶은데."

"총을 쏠 수 있다고 가정하는 건가?"

"유럽의 판도가 뒤집히는 일이라면 일단 해치우고 수습하지 않을까요? 저라면 그렇게 할 것 같은데요?"

김태진이 고개를 끄덕였다.

"흐- 흠, 내가 전날 야구장을 사용할 수 있는지 알아보는 게 빠르겠군."

"잘못하면 라노크 쪽에서 오해할 수도 있습니다."

당장은 결론을 내리기 어려운 일이었다.

그런데 갑자기 김태진이 상체를 불쑥 들었다.

"아! 그래서 모가지 귀신이 느닷없이 한국에 들어온 건가? 라노크를 제거하려고? 그놈이라면 북한의 특수군단 애들을 동원할 테니까."

강찬과 석강호의 시선에 김태진이 고개를 끄덕이며 다시 입을 열었다.

"샤흐란은 어차피 움직이기도 힘든 상태라면서? 거기에 중국이든, 프랑스든 기본적으로 라노크를 죽이게 되면 외교적 분쟁에 시달리게 되지. 그런데 북한이라면 이야기가 달라. 정보를 주는 데만 이백억을 쓸 수 있는 자들이라면 라노크를 직접 죽여주는 데 얼마를 쓸까?"

"그렇다는 건 총기를 쓸 확률이 높다는 거네요?"

"그렇게 되지."

뭐가 이렇게 복잡하게 꼬이지?

강찬이 인상을 찌푸리자 김태진이 먼저 자리에서 일어났다.

"나는 이 길로 회사에 가 봐야겠다. 용인에 있는 시립 야구장이라고 그랬지?"

"예."

김태진을 따라 강찬과 석강호도 당직실을 나왔다.

아이들 절반쯤이 새빨개진 얼굴로 스탠드에 있었고, 나머지는 아직 운동장을 돌고 있었다.

김태진과 헤어진 두 사람은 운동부실로 들어갔다.

당장은 어수선해서 마음이 잡히지 않았다.

"오전에는 저 친구들이 애들 기본자세를 잡아 주고 오후에 내가 교육하기로 했수."

"누구 생각이냐?"

아이들을 위해서도 괜찮은 방법이었다.

"저 친구들이 먼저 그리 말합디다. 뭐해요? 운동이나 합시다."

그래. 그게 현명하겠다.

석강호를 따라 강찬도 몸을 일으켰다.

강찬은 1시간쯤 석강호와 함께 기구 운동을 하고 다시 30분쯤 격투술을 연습했다.

적당한 근육의 긴장과 노곤한 느낌이 기분 좋았다.

당직실로 가서 몸을 씻은 후, 옷을 갈아입고 돌아왔을 때 석강호는 오후 훈련을 준비하고 있었다.

"적당히 해라. 그러다 쓰러지는 거 아니냐?"

"그렇지 않아도 보약 하나 먹고 있수."

"잘했다."

"확실히 이렇게 운동하니까 감각이 살아나는 것 같수. 둔한 몸도 좀 빨라진 것 같고."

하기야 예전의 기억이 남았다면 어느 정도는 실력을 찾을 거다. 다예루가 다른 건 몰라도 싸움 하나만큼은 타고난 놈이다.

"대장."

"왜?"

"수요일에 나도 갑시다."

운동실에서 다예루가 씩씩거리며 강찬을 노려보는 느낌이었다. 나무에 매달려야 했고 가족이 납치당한 것에 대한 분노가 그의 눈에 온통 담겨 있었다.

"말리면 화낼 거냐?"

"그거 잔인한 짓이오."

강찬이 먼저 '푸흐흐.' 하고 웃었는데 석강호는 따라 웃지도 못하고 있었다.

"알았다. 그렇게 하자."

"푸흐흐흐, 고맙소."

샤흐란이 얽혀 있는 일이고, 납치당한 것도 있는데 무조건 빠지라고 할 수도 없었다.

웅웅웅. 웅웅웅.

그때 전화가 울려서 강찬이 얼른 전화기를 들었다.

미쉘이었다.

강찬은 고개를 저어 보인 다음 통화 버튼을 눌렀다.

"어, 미쉘."

[차니, 잠깐 통화 괜찮아?]

그나마 이성을 찾은 음성이었는데 아직 흥분이 완전히 가시지는 않은 것처럼 들렸다.

"괜찮아. 말해."

[드라마 제작과 관련해서 엄청나게 문의가 들어왔어. 전

에 알던 작가가 써 놨던 작품도 섭외해 놨고. 투자가 알려지면서 매니지먼트 쪽에서 섭외가 대단해. 이쪽 일은 이대로 그냥 진행하면 되겠지?]

제대로 일을 하겠다고 결심했지만, 전화로 결정할 일은 아니다.

"우선 미쉘이 원하는 방향으로 처리하고 나머지는 시간 날 때 의논하는 걸로 하자."

[책이 나왔으니까 적당한 역할은 우리 쪽 애들 위주로 배역을 줄 거고, 나머진 오디션으로 처리할게. 아래층 사무실 공사는 이번 주에 끝난다니까 다음 주 월요일쯤 한 번 들렀다가 가.]

"알았다. 그렇게 할게."

통화를 마치고 전화를 끊었을 때였다. 거짓말처럼 진동이 울렸다.

강찬이 눈짓을 하자 석강호가 긴장한 얼굴로 주변을 살폈다.

"여보세요?"

[샤흐란이다. 계좌와 비밀번호를 전해 줄 테니 메모해라.]

강찬이 허공에 손으로 글씨 쓰는 흉내를 내자 석강호가 얼른 메모지와 볼펜을 전해 주었다.

"불러."

[그럼 부르겠다. 계좌번호는 13765-golden-33255, 비밀

번호는 888-sprteu-2010, 이상이다. 입금을 확인할 수 있도록 십 분 뒤에 전화하지. 그때 라노크의 일정을 받겠다.]

"알았다."

샤흐란이 전화를 끊었다.

"왜 그러쇼?"

"이 새끼가 왜 이렇게 당당하지? 막말로 내가 이 돈, 다른 곳에 빼돌릴 수도 있는 거잖아?"

"그렇기도 하우. 뭔가 믿는 구석이 있다는 건가?"

"일단 라노크에게 전하고 나서 생각하자."

강찬은 라노크에게 전화를 걸어 받은 계좌와 비밀번호를 넘겨주었다.

"대사님, 샤흐란이 이렇게 쉽게 계좌와 비밀번호를 넘겨주는 것도 수상합니다. 혹시 계좌를 조사할 때 참고하시고, 십 분 뒤에 전화한다니 그때 장소와 시간을 전해 주겠습니다."

[알겠습니다. 혹시 새롭게 나타나는 것이 있으면 강찬 씨에게 전화드리지요.]

라노크의 정중한 음성을 끝으로 통화가 끝났다.

전화를 끊자 짜증이 확 솟구쳤다.

"왜요? 가만있으라고 그럽디까?"

아차차! 석강호는 프랑스어를 모른다.

"그게 아니라 계좌번호 주고받으면서 머리 쓰는 게 짜증

나서 그런다. 이 개새끼, 어디 있는지만 알면 다 끝나는 건데. 유럽의 판도니 지랄이니 내가 알 게 뭐냐."

"푸흐흐, 어쩐지 잘 참는다 했수. 그러지 말고 샤흐란하고 통화 끝나면 오랜만에 옥상이나 다녀옵시다. 내가 볼 땐 니코틴 부족이오."

내 속이 보이나?

강찬은 가슴을 한 번 슬쩍 내려다보며 입맛을 다셨다.

"그래 봐야 이틀이오. 아니어도 이번 주면 샤흐란도 움직일 거 아니오?"

"너랑 둘이서 싸우는 거면 겁날 것도 없어. 이 새끼들이 비겁하게 인질을 잡을까 봐 그런 거지."

"이번엔 꼭 죽여 버립시다."

"그러자."

석강호와 둘이서 히죽거리고 있자니 샤흐란의 전화가 울렸다.

"샤흐란, 적을 준비가 됐나?"

[말해라, 강찬.]

"용인 시립 야구장. 오후 세 시."

[틀림없겠지?]

강찬은 아무 말도 하지 않았다. 그러자 샤흐란은 기분 나쁜 웃음을 남기고 전화를 끊었다.

이 새끼, 반드시 뭔가 있는데?

뒤통수를 쳐? • 267

"또 그런다. 얼른 옥상이나 갑시다."

석강호가 먼저 자리에서 일어나 강찬에게 손짓을 했다.

"거기 아뇨. 여기! 이쪽 이 학년 교실로 가요."

운동부실을 나온 석강호는 2학년 건물을 가리켰다.

"삼 학년들은 자습하느라 거의 학교 나와요. 가뜩이나 공부에 스트레스받는 애들이 마음 푸는 곳이니까 차라리 이쪽으로 가는 게 맞소."

확실히 선생이라 아는 게 많다.

그런데 이 새끼가 언제부터 이렇게 배려심이 많아졌지?

강찬은 잠자코 석강호를 따라 2학년 건물로 향했다.

2학년도 생각보다 많이 나와 있었다. 계단과 복도에 흩어졌던 아이들이 아직도 강찬을 보고는 시선을 떨구거나 몸을 피했다.

마침내 옥상이다.

강찬이 문을 열고 들어서자 남학생과 여학생 몇 명이 화들짝 놀라며 몸을 돌렸다.

계집애들은 낯이 있었다. 어디서 봤었지?

생각났다. 허은실의 병풍을 하던 년들.

3학년 여학생이 2학년 교실 옥상에 있는 것이 의아했지만, 다리 달린 년들이 어딘들 못 가겠나.

강찬과 석강호는 옥상 문에 기대앉아 느긋하게 담배를 피웠다.

살 것 같았다.

"그거 아쇼? 교무실에서 대장 졸업 안 시키면 안 되냐는 말이 나온 거?"

뭐라는 거야?

"푸흐흐, 뭘 그렇게 놀란 얼굴이요? 일진 애들 사고 안 치지, 왕따 애들 확 줄었지. 선생들 중에 그리 생각하는 사람들끼리 하는 말이오."

"훈련소를 다시 가면 갔지 학교는 아니다. 지금도 갑갑해 죽을 판에."

강찬은 고개를 절레절레 저어 댔다.

고등어 틈에 낀 정어리를 더 하라고? 말이 되는 소릴 해라.

둘이 시시덕거리며 담배를 피우고 나자 실제로도 기분이 나아졌다.

수요일이면 결판난다.

안 되면? 분위기로 봐서 이번 주에는 어떤 식으로든 끝났다.

석강호와 눈이 마주치자 웃음도 나왔다.

삐걱.

강찬은 모처럼 개운해진 마음으로 옥상을 내려갔다.

그런데 옥상의 계단을 내려오자 병풍 셋과 모르는 남학생 둘이 서 있었다.

옥상을 비울 때까지 기다렸던 건가?

강찬이 피식 웃으며 계단을 내려갈 때였다.

"잠깐 얘기 좀……."

병풍 하나가 말꼬리를 흐리며 강찬의 걸음을 멈추게 했다.

가뜩이나 정신 사나운데 이것들이 확.

강찬이 날카롭게 노려보자 사내놈들 둘의 대가리가 급하게 바닥으로 떨어졌다.

"은실이 때문이야. 호준이랑."

거기다 점심시간이다. 시간밥을 먹는 사람을 굶겨 놓으면 정신이 더 사나워진다.

"잠깐이면 돼."

병풍 셋이 다 한마디씩 뱉고는 가장 오른쪽에 있는 계집애가 강찬을 힐끔 보았다.

"먼저 가 계세요. 얘기 들어 보고 갈게요."

"큼, 알았다."

석강호가 아이들의 위아래를 훑어보고는 계단을 내려갔다.

"뭔데?"

"옥상에 가서 말할게."

이년들은 평소에 연습한 게 맞다. 그렇지 않고서야 이렇게 돌아가면서 한마디씩 하기도 어렵다.

강찬은 짧게 숨을 내쉬고 옥상으로 올라갔다.

피식.

버릇이다. 뒤쪽 창으로 비친 그림자를 보며 혹시나 뒤에서 습격하지 않나 지켜보는 것.

옥상으로 들어가자 고개를 떨구었던 남학생 두 놈이 한 놈은 음료수, 다른 한 놈은 담배를 꺼내 강찬에게 건네주었다. 수제 자판기 느낌이었다.

"됐고. 하고 싶다는 말이나 빨리해."

강찬이 시선을 들자 예상대로 병풍 2가 입을 열었다.

"일진 연합에 한 번만 같이 가 줘."

뭐라는 거지?

강찬이 듣기에는 '나 따귀를 때려 주거나 팔을 부러트려 줘.'처럼 들렸다.

"지난번 트론스퀘어 일 때문에 우리 학교 애들은 보이기만 하면 다 맞고 다녀. 은실이랑 호준이는 매일 나가고."

이번 말은 병풍 3이 했다.

강찬은 정신을 집중하고 다시 병풍 1을 노려보았다.

"그날 괜히 걸려서 일진 톱이 팔 부러진 기라고, 사실 강찬은 학교 일진 애들 챙기는 것도 아닌데 그날따라 재수 없게 걸린 거라고 말이 돌았어."

그건 맞다.

"그래서 그 앙갚음으로 우리 밖에도 못 나가. 이 학년들은 일주일에 한 번씩 불려 가거나 도망 다녀야 하고."

강찬은 남학생에게 손을 내밀었다.

"담배 좀 줘 봐라."

"예, 형님."

"개새끼가 확! 한 번만 더 형님 소리 하면 아예 입을 찢어 버린다."

"예. 형……."

호칭이 묘했지만, 형님이라고 한 건 아니니까.

강찬은 담배에 불을 붙인 다음 답답한 얼굴로 병풍을 보았다.

"궁금해서 그런데 허은실이랑 이호준이, 그렇게 줘 맞으면서 왜 나가는 거냐?"

"안 그러면 밖에 나왔을 때 다구리, 다 같이 덤벼들어서 정말 존나, 심하게 맞아."

병풍 3이 전문 용어를 급하게 순화된 말로 바꾸느라 말을 제대로 잇지 못했다.

"그래서 같이 가서 어떻게 하라고?"

"앞으로 우리 학교 애들 건드리지 말라고 해 주면 돼."

병풍 1이 급하게 한 말을 들은 강찬이 피식 웃었다.

"너희는 같은 학교 애들 자살할 때까지 괴롭히다가 아쉬워지니까 나한테 그따위 소릴 지껄이라는 거냐? 옥상에서 뛰어내리고 전학 가고, 점심 쫄쫄이 굶도록 괴롭힘당한 애들 심정은 이해나 하냐?"

말을 하다 화가 치밀어서 강찬은 입을 다물었다.

이것들은 그냥 이기적인 짐승들이다. 저보다 약하다 싶으면 우르르 달려가서 물고 뜯고 하다가 안 되겠으면 더 강한 자 뒤에 대가리를 감춘다.

"원래 그날 트론스퀘어에서 끝나기로 했었어. 그런데 하필이면 그날 일이 꼬여서 지금까지 이런 거야."

병풍 2가 강찬의 시선을 받고 급하게 고개를 떨궜다.

"까는 소리 말고 앞으로도 그냥 열심히 맞고 살아. 맞을 때마다 너희한테 당했던 애들 심정이 어땠을지 생각하는 거 잊지 말고."

강찬이 고개를 저으며 옥상 문으로 향할 때였다.

"밖에서 안 맞게 해 주면 학교 안에서 애들 따돌리거나 빵 셔틀, 삥 뜯는 거, 우리가 싹 없앨게."

귀가 솔깃한 제안이어서 강찬이 슬쩍 뒤를 돌아보았다.

"전에 옥상에서 다친 애들 중에 방학 끝나고 학교 나오는 애들 있거든. 걔들하고 허은실이면 지금 말한 거, 지킬 수 있어. 정말이야."

병풍 셋이 눈을 초롱초롱하게 뜨고 고개를 끄덕였다.

이년들을 믿어도 되나? 가슴에서 떠오른 답은 '아니오.'다.

그런데도 한 번쯤 시도해 보고 싶었다. 자신이 없어도 차소연을 따돌리는 일들이 없는 학교, 그런 것을 위해서라면.

"애들 어딨어?"

"차로 이십 분만 가면 돼."

강찬은 가슴이 서늘하게 가라앉았다.

함정을 파 놓은 것들은 꼭 이런 식으로 답을 한다.

멀지 않다, 쉽게 간다.

당장 내일이면 야구장에서 하룻밤을 지새워야 할지 모르는데 이런 일에 휘말려도 될까 하는 계산이 먼저 섰다.

"가자."

강찬이 고갯짓을 하며 피식 웃었다.

함정? 아예 다시는 함정 따위 생각도 못하게 만들어 주마.

⚜ ⚜ ⚜

2학년 건물을 내려오며 강찬은 고개를 갸웃했다.

이것들이 만약 옥상에서 마주치지 않았어도 이런 부탁을 했을까? 아니라면 저희끼리 고민하던 참에 강찬이 나타나서 매달렸단 뜻이다.

'쯧! 그거야 뭐.'

가 보면 다 알게 된다.

다음으론 점심이 문젠데, 이거야말로 방법이 없었다. 밥을 먹는 동안 애들이 흩어져 버리면 답이 없는 거다.

"여기서 잠깐 있어."

강찬은 운동부실로 들어가 석강호에게 간단하게 내용을 설명했다.

"아, 거. 병신 같은 것들이 꼭 바쁠 때 이러네. 이러다 지난번 트론스퀘어 것까지 들추면 대장만 피곤해요."

"그래도 저것들이 왕따랑 없앤다잖아."

"그걸 믿수?"

"내가 바보냐?"

"그럼 그냥 모른 척해 버립시다. 몰라서 그러는데 저것들이 힘없는 애들 괴롭히는 거, 장난 아니요. 안에서 삥 안 뜯네, 어쩌네 하면서 이제 대장 이름 팔고 다른 학교 애들한테 그런 짓 할지도 모르는 거고."

"일단 가기로 한 거니까 갔다 올게. 참! 그쪽에서 바로 갈지도 모르니까 끝나면 전화하는 걸로 하자."

"알았소. 몸조심하쇼."

석강호와 이야기를 마친 강찬은 곧바로 학교를 나왔다.

택시를 타야 한단다. 모두 6명이라 강찬은 2학년 남학생 둘과 한 대를 잡고 출발했다.

"울산공원 정문으로 가 주세요."

이 새끼들도 활동 범위가 참 다양하다.

17분쯤 걸렸다.

요금은 강찬이 냈고 택시에서 내리자, 바로 뒤 택시에서 병풍 셋이 내렸다.

"이쪽이야."

울산공원 정문에서 오른쪽을 보고 걸었다.

병풍 셋이 기다란 쇠파이프로 연결해 놓은 4개의 건물

중, 두 번째 건물을 향해 움직였다.

앞쪽에 주차장이 있어서 다른 건물보다 움푹 들어간 형태였다.

이런 곳을 마음대로 들어간다고? 공사하는 업체가 방학을 한 것도 아닐 텐데 학생들이 마음 놓고 이런 건물을 사용한다는 게 말이 되나?

강찬은 일단 건물 안으로 들어갔다.

1층엔 폐자재와 페인트 통이 잔뜩 널렸고, 엘리베이터가 꺼져 있어서 계단으로 올라갔다.

2층이다. 유리에 붙여 놓은 진한 비닐 때문에 실내는 침침했다.

입구로 들어선 강찬은 천천히 안을 둘러보았다.

허은실과 이호준이 가장 안쪽에서 무릎을 꿇고 있었는데 머리와 얼굴이 역시나 엉망이었다.

이젠 쳐다보는 것도 지겹다.

그 옆으로 차소연과 같은 반이었던 놈과 여자애들, 남자애들이 서 있었는데 상태는 그리 좋아 보이지 않았다.

몰려 있는 놈들 스물, 그중 계집애 다섯.

"너희 둘, 일어나."

강찬을 보고 있던 허은실과 이호준이 쭈뼛거리며 몸을 일으켰다.

"내가 한 번 더 일진 어쩌고 해서 모이면 팔을 부러트려 버린다고 했던 것 같은데?"

강찬이 서 있는 놈들을 쭉 둘러볼 때였다.

"나이도 어린 게 반말하지 마, 이 새끼야. 이것들 데려가면 되잖아."

뱀눈을 한 놈이 강찬을 아니꼽게 노려보았다. 살벌한 게 아니라 그냥 야비한 느낌만 들었다.

"너희는 나가."

2학년 아이들이 우르르 강찬의 뒤에 섰고, 허은실과 이호준이 뱀눈의 눈치를 살피면서 천천히 그의 뒤로 왔다.

"얀마, 뱀눈. 앞으로 우리 학교 애들 건드리거나 불러내지 마. 너희는 빨리 가라는데 왜 안 가?"

강찬이 뒤를 돌아보았다가 잠시 입구를 노려보았다.

그러고 보니 전에 트론스퀘어에서 병풍 셋이 없었다. 그리고 지금도 같이 왔던 병풍 셋은 멀찍이 떨어져 있었다. 함께 택시를 타고 왔던 두 놈은 밑으로 내려갔는지 보이지도 않고.

강찬은 고개를 끄덕인 후에 허은실을 보았다.

"저 새끼 아버지가 깡패라는 거냐?"

"이 건물이 저 선배 아버지 거야."

병신이, 누가 부동산 중개업자인 줄 아나?

"맞아. 신영동파 보스랬어."

이호준이 얼른 보충 설명을 덧붙였다.

"그래서 지금 아래층에 깡패 새끼들이 있을까 봐, 너희는 못 내려가는 거고?"

이호준이 작게 '응.'이라고 답을 했다.

강찬은 기가 막힌 얼굴로 병풍 셋을 보았다.

"그러니까 너희 세 년은 옥상에서 날 본 다음에 여기로 전화해서 날 팔아먹을 생각을 한 거다?"

"네가 이렇게 만든 거잖아. 우린 원래 연합에서도 잘나갔어."

강찬은 어이가 없어서 웃음이 나왔다.

"그럼 학교에서 다시는 왕따가 없게 하겠다는 말도 그냥 지어낸 거냐?"

"지난번에 입원한 애들 돌아오면 그땐 정말 달라져."

"쯧."

강찬은 얼굴이 화끈 달아올랐다.

이게 좀 대가리라도 있는 것들한테 속았다면 덜 창피할 텐데, 완전히 골 빈 년들 꾐에 완벽하게 속아 넘어간 꼴이다.

"그럼 전에 팔 부러진 새끼 위가 저 뱀눈이냐?"

"까불지 마, 이 새끼야. 내가 너보다 이 년 위야."

강찬은 허은실과 이호준을 돌아보았다.

"저 새끼 위에는 누가 있는 건데?"

"총학생회장."

무슨 소리인지 모르겠어서 강찬은 인상을 찌푸렸다.

"헛소리하지 말고 빨리 정해. 왕따니, 삥이니, 빵셔틀 없앨 거면 같이 가고, 이런 게 좋으면 여기 남고."

"지금 우리가 따라가면 끝까지 지켜 주는 거야?"

역시 배짱 하나는 허은실이 훨씬 낫다. 퉁퉁 부은 낯짝으로 짝다리를 한 것만 봐도 그렇다.

"알았다. 대신 학교에서 다시는 헛짓거리하지 마라."

"저 씨발년 셋은 내 맘대로 해도 되지?"

허은실이 '어쭈?' 할 만큼 날이 퍼렇게 선 눈으로 병풍 셋을 노려보았다.

뭐, 저런 년들이 선량한 건 아니니까.

"그건 알아서 하고."

"나랑 호준이랑 이 학년 애들이랑 해서 학교에서 그거 싹 없앨게. 대신 밖에서 우리 터치하지 않게만 해 줘. 그리고."

이년은 미리 계산하고 있었나?

"옥상에서 다쳐서 퇴원한 새끼들 설치지 못하게 해 주고."

정말이지 어설픈 사내놈들은 대들지 못할 정도로 허은실의 눈빛은 죽여줬다.

"알았다."

허은실이 이를 꽉 깨물며 노려보자 병풍 셋이 뱀눈에게 아쉬운 눈짓을 보냈다.

대충 결정이 났으니 이런 건 빨리빨리 해치우는 게 낫다.

강찬은 대뜸 뱀눈에게 걸어갔다.

"뭐해! 빨리 들어와!"

놈이 다급하게 벽을 타며 소리를 지르자 계단에서 덩치들이 우르르 올라왔다.

 어이가 없어서 웃음이 나왔다. 제대로 생겨 먹은 놈은 한 놈밖에 없고, 나머지는 전부 사료 처먹인 돼지처럼 보였다.

 강찬은 이 싸움이 어딘가 미심쩍었다.

 주차장파와의 싸움을 모를 리 없을 텐데 이렇게 허접한 놈들 일곱으로 나서?

 고개를 갸웃할 때 돼지 하나가 커다랗게 야구방망이를 들어 올렸다.

 퍼억! 퍽!

 강찬은 크게 들린 놈의 겨드랑이를 뾰족하게 만든 주먹과 엄지로 찍어 버렸다.

 "꺼억!"

 퍽. 퍽. 퍽.

 겨드랑이를 움츠린 놈의 인중, 목, 명치를 때리자 놈이 바닥에서 버둥거렸다.

 이거야 원. 얼추 상대라도 돼야 싸움을 하는 거지.

 강찬은 대뜸 달려들어 나머지 여섯의 목, 명치, 그리고 옆구리를 찍어 쓰러트렸다.

 이 새끼들은 그 흔한 회칼 하나 들고 오지 않았다.

 어쨌든 너무 쉽게 끝났다.

 강찬은 그대로 뱀눈에게 걸어갔다.

"오지 마!"

놈의 고함이 건물 안에 쩌렁쩌렁 울렸다.

턱.

강찬은 놈의 머리칼을 움켜쥐고 끌어안듯 앞으로 당겼다.

쩌걱.

미간에 정통으로 먹힌 박치기다.

흐물흐물 쓰러지려는 놈을 얼른 받아 들었다. 그러고는 등에 업듯이 걸친 다음 오른팔을 잡아 어깨에 걸쳤다.

강찬이 주변을 둘러보자 뱀눈과 한편인 놈들이 고개를 피했는데, 시선의 끝에서 병풍 셋과 눈이 딱 마주쳤다.

콰자작.

털썩.

강찬이 팔을 놓자 뱀눈이 기괴한 자세로 바닥에 널브러졌다.

"하고 싶은 새끼들은 계속해 봐. 계속 부러드려 줄 테니까. 내가 건드리지 말라고 했다. 이 시간 이후론 이런 자리에 같이 있기만 해도 모조리 팔을 부러트린다."

강찬은 마지막으로 경고를 남긴 다음 밖으로 나갔다.

터무니없는 시가전을 마치고 나오자 건물 바깥이 바로 휴가지인 듯한 착각이 들었다.

아이들이 주르륵 뒤를 따라 나왔는데 정작 강찬은 배가 고팠다. 주변에 비싸 보이는 빵집과 레스토랑이 전부여서 강찬은 뒤에 선 아이들을 돌아보았다.
"여기 돈가스 먹을 만한 데 없냐?"
"요기! 요 골목 돌아가면 있어."
이호준이 어렵게 답을 했다.
좋다. 한 번쯤 지켜 주기로 한 거니까. 거기다 다짐받을 것도 있다.
"가서 돈가스 하나씩 먹고 가자. 먼저 갈 사람은 가고."
이 병신들은 판단 장애라도 걸린 게 맞다. 무서워하는 사람 말이라면 생각 없이 따른다. 자신이 '독약 처먹어라.' 하면 마신 다음에 '쓰다.' 할 새끼들.

⚜   ⚜   ⚜

분식점이 그리 작지 않아서 적당히 다 들어갔다.
돈가스와 라면, 그리고 김밥을 알아서 시키라고 했는데 어떤 새끼는 돈가스도 시키고 라면도 시켰다.
허은실과 이호준의 얼굴이 엉망인 데다 다른 놈들 얼굴도 개판이어서 분식집에 들어서던 직장인들과 일반인들이 깜짝 놀라 돌아가곤 했다.
빨리 먹고 나가란 뜻인지 음식이 바로 나왔다.
강찬은 모조리 잘라 놓고 젓가락으로 먹었다.
"내일부터 우리 어떻게 해?"

허은실이 얼터져서 퉁퉁 부은 주둥이로 돈가스도 먹고 질문도 던졌다.

"학교에 나와. 운동부랑 같이 있다가 가고. 만약 누가 찾아오면 우선 석강호 선생님한테 말해."

"알았어."

허은실은 정말 허겁지겁 먹었다.

"명심해라. 학교에서 이상한 소리 들리면 너흰 진짜 죽는다."

"그건 걱정 마. 그 전에 다쳐서 퇴원하는 놈들만 막아 주면 그건 나랑 호준이랑 다 알아서 할게. 대신 아까 그 정자년 셋은 내 맘대로 하는 거다."

이게 진짜 밥 먹는데 더럽게.

"세 년 다 정자동 출신이거든."

눈치 없는 년이 알고 싶지도 않은 일을 자꾸만 알려 준다.

"우리 버스 타는 데까지만 데려다 줘. 내일부터 학교 나갈 거고, 혹시 깡패 오빠들이 찾아오면 전화하게 해 주라."

정말 이년은 거침이 없다.

강찬은 그러라고 하고, 혹시 문제가 생기면 이호준에게 연락하라고 말해 두었다. 하는 짓으로 봐선 분명 허은실이 전화하겠지만 말이다.

점심을 그렇게 해결하고 버스 정류장에서 헤어진 다음, 석강호에게 전화를 걸었다. 한 번에 받지 않아서 운동 중인가 싶었더니 잠시 후에 전화를 해 왔다.

[대련 중이었소. 애들이 알려 줍디다. 어디 다친 덴 없소?]

"너무 쉽게 끝나서 오히려 찜찜하다. 그리고……."

강찬은 간략하게 오늘 있었던 일을 설명해 주었다.

[잘됐소. 내 이따가 이거 끝나고 따로 전화하겠수.]

"그래라."

전화를 끊고 나자 오늘 할 일이 대충 끝났음을 알았다. 이제 집에 가서 편안하게 쉬는 일만 남았다. 엔터테인먼트와 관련된 자료도 좀 살피고.

강찬이 버스 번호를 살필 때였다.

웅웅웅. 웅웅웅. 웅웅웅.

김태진에게서 전화가 왔다.

"여보세요?"

[학교에 있나?]

"아뇨. 여기 울산공원 앞이에요. 무슨 일이신데요?"

[위민국의 배가 수요일에 떠나기로 한 모양이야. 원래는 삼 일이나 오 일 전에 선박 운항 허가를 신청해야 하는데 수출 건이라고 편의를 봐준 모양이야. 혹시 짐작 가는 거 없나?]

"지금은 없네요."

[이렇게 되면 위민국이 라노크를 노리고 들어온 게 아니란 뜻일 수도 있고, 아니라면 이미 특수군단 애들이 준비를 마쳤으니까 의심받을 놈들은 몸을 빼겠다는 생각일 수

도 있지.]

"그럼 우리는 배를 노려야겠군요."

[당장은 그런데 우선 내일까지 동선을 확인해 보고 결정하자구. 위민국은 의심 갈 만한 곳을 한 군데도 다니지 않았으니까.]

"그렇게 알고 있을게요. 배는 인천항이라고 하셨죠?"

[정확하게는 동명항. 시간은 아직 정해지지 않았고.]

"알겠습니다."

강찬의 답을 끝으로 전화도 끝났다.

'샤흐란이 어지간해서는 뭘 하더라도 꼬리를 밟히는 놈이 아닌데. 뭐지? 뭐가 있는 거지?'

혹시 다른 배로 밀항을 할 수도 있는 건가? 그런 방법도 있을 것 같았다.

특히나 샤흐란은 부상이 심해서 함부로 움직이기 어렵다. 휠체어나 침대로 이동하려면 놈도 보란 듯이 움직이지는 못할 거다.

의식을 찾자마자 석강호의 가족을 납치하고 석강호를 매달았던 놈이다. 그것도 뚜렷한 목표가 있어서가 아니라 단순히 경고를 하기 위해서.

라노크 일에 협조하란 뜻이겠지? 그래 놓고 뜬금없이 계획된 당일에 우리나라를 떠?

"아! 거, 개새끼."

전쟁과 달리 이리저리 잔머리를 굴려야 하는 것이 무척 짜증 났다.

"쯧!"

강찬은 호텔 엘리베이터에서 마주쳤던 사내의 눈매를 떠올렸다.

그놈과 석강호가 마주친다면? 상상하기 싫은 결과가 나올 거다.

그런 놈들이 셋 이상 달려든다면 강찬도 자신하기 어렵다.

'집에서 생각해도 되잖아?'

강찬이 짜증을 털어 내고 버스를 타야겠다고 마음먹는 순간이었다.

웅웅웅. 웅웅웅.

또다시 전화가 울렸다.

이번 일만 끝나면 절대로 들고 다니지 않을 것 같았다.

전화는 라노크였다.

"예, 대사님."

[무슈, 강. 혹시 샤흐란의 전화번호가 한 자리로 이루어졌었나요?]

"예. 전부 1자로 되어 있습니다. 전에 말씀드린 것 같은데요."

[그랬군요. 두 가지 소식을 전해 드리지요. 첫 번째로 은행계좌는 송금이나 이체가 불가능한 지정 계좌입니다. 칠

일 뒤에 계좌 지정인의 통장으로 다시 입금되지요.]

샤흐란, 점점 쓰레기가 되어 가는구나.

[두 번째 소식입니다. 각국 정보국은 통신 보안을 위해서 주로 사용하는 주파수대가 다릅니다. 그런데 샤흐란이 사용한 것은 프랑스 본국의 주파수대였지요. 내용은 파악하지 못했는데 장소는 나옵니다.]

"예? 장소가요?"

아싸!

강찬은 오른 주먹을 불끈 쥐었다가 옆에 앉은 할머니를 피해 상체를 틀었다.

[인천의 검단이란 곳입니다. 안쪽에 폐공장이 많은데 아마 그곳에 있는 것 같습니다. 지금 우리 정보국 요원들이 의약품이나 치료제를 구입한 흔적과 심박계 등의 치료기가 내는 기계음, 주파수 등을 찾고 있으니 얼마 걸리지 않아 좋은 소식이 있을 겁니다.]

강찬이 히죽 웃은 다음이었다.

[디아이로 프랑스 정보총국의 직원이 들어와야 하는데, 만약 검단에서 정확한 위치를 알게 된다면 여기 요원만으로는 불리한 싸움이 됩니다. 강찬 씨의 도움을 받고 싶습니다.]

"그건 제 쪽에서 바라던 일입니다."

[큰 도움이 될 겁니다, 무슈 강. 충실한 친구는 신의 모습이란 속담이 있습니다. 강찬 씨가 이번 일로 다치는 일이

없기를 바랍니다.]

 라노크가 이처럼 감정적인 말을 할 줄은 몰라서 강찬은 대답하지 못했다.

 마치 기습 뽀뽀라도 받은 느낌이었는데, 그러나 감동은 감동이고 죽이는 건 죽이는 거다.

 강찬은 정류장에서 빠져나와 김태진에게 다시 전화를 넣었다. 그리고 지금의 통화 내용을 빠르게 설명했다.

 [아직도 울산공원 앞인가?]

 "예. 버스 정류장이요."

 [내가 바로 가지. 이 정도면 아예 오늘부터 함께 움직이는 게 좋겠어.]

 "일단 그렇게 하시죠."

 전화를 끊은 강찬은 가슴이 설레었다.

 무료함을 참고 잠시 기다리자니 김태진의 승용차가 버스 정류장 바로 앞에 비상등을 켜고 섰다.

 강찬이 올라타자 차는 우선 학교로 향했다.

 "석강호 선생도 함께 움직일 겁니다."

 김태진은 무언가 계산하는 눈빛이었는데 다른 말을 하지는 않았다.

 "우리 애들은 어떻게 할까? 지금 훈련시키는 애들."

 "아직 실전은 어려워요. 깡패들 상대하는 일이라면 연습 삼아서라도 데리고 가겠는데……."

호텔에서 보았던 놈의 눈빛이 떠올라서 강찬은 고개를 저었다. 솔직히 김태진이나 석강호도 그들의 상대는 아니다.

모가지 귀신이라는 위민국이 나이를 먹어서 김태진과 맞수가 된다 쳐도, 강찬과 맞설 정도의 놈 셋이면 이쪽은 죽은 목숨이다.

거기에 쓸데없이 숫자를 늘린다고 해서 득을 볼 건 없다. 물론 그들이 죽을 때까지 짧은 시간을 얻을지는 모르지만, 강찬은 한 번도 대원들을 그따위로 써 본 적이 없다.

결국, 남은 건 셋이다.

그나마 서상현이 아슬아슬하게 한몫은 하는데 병원에 한 달은 더 있어야 한다고 들었다.

"위민국만 직접 죽이시면 되는 거죠?"

김태진이 인원이 없는 것을 모르지 않는다. 그는 단호한 눈빛으로 고개를 끄덕였다.

"난 그놈만 내 손으로 죽일 수 있으면 돼."

"알겠습니다."

어차피 작전은 강찬이 짤 거다.

위민국을 김태진이 죽이고, 샤흐란을 석강호가 죽일 때까지 강찬이 막아 주면 된다.

"아차! 대검 챙기셨어요?"

"트렁크에 세 개씩 넣어 놨다. 각반, 토씨, 가슴 보호대, 헬멧까지."

"날이 좀 길었으면 좋을 텐데요."

강찬이 손에 맞는 검의 길이를 혼잣말처럼 털어놓았을 때였다.

"외인부대에서 사용하는 것도 두 개 따로 챙겼다."

김태진이 야릇하게 웃으며 말을 받았다. 그는 강찬을 힐끔 본 다음 앞으로 시선을 가져갔다.

"긴장되지는 않나?"

"걱정은 좀 되죠."

"걱정?"

강찬이 입술을 힘주어 모은 다음 고개를 짧게 끄덕였다.

"솔직히 석강호 선생이 아직 제 컨디션이 아닌 데다 대표님도 날카로움이 많이 무뎌지신 것 같아서요."

"흠, 인정하지."

김태진은 굳은 표정으로 입을 열었다.

"죽어도 괜찮다. 모가지 귀신만 잡을 수 있게 도와다오."

강찬은 대답하지 않고 앞만 보았다.

제8장

닭 쫓던 개

운동부실에 도착했을 때 석강호는 젖은 머리를 수건으로 말리고 있었다.

"어쩐 일이오? 어? 대표님도 오셨네?"

"기쁜 소식이 있지."

강찬은 정수기로 다가가 커피를 탔다.

"뭔 소식인데요? 샤흐란이 있는 곳이라도 나왔소?"

물에 담겼던 티스푼으로 커피를 타던 강찬이 뒤를 돌아보며 씨익 웃었다.

"어? 그 웃음은 뭐요? 설마 정말 그런 거요?"

"아직 정확한 위치는 모르는데 인천 검단 쪽인 건 알았나 보더라. 뒤지다가 알게 되는 대로 연락 준단다."

"와아!"

강찬은 김태진과 석강호에게 커피를 건네주고 의자에 앉았다.

"저쪽에 요원들이 있다니까 그쪽을 덮치는 건 일단 둘이서 하자."

"알았수."

수건을 빈 의자에 걸치며 석강호가 시원하게 답을 한 직후였다.

"석 선생하고 둘이서만? 그럼 나는?"

"위민국이 검단에 없는 거잖아요."

"그렇지."

김태진이 얼떨떨한 얼굴로 답을 했다.

"샤흐란이 몰리면 어떤 식으로든 연락이 갈 거고, 그럼 위민국도 움직이겠죠. 밖에서 대기하고 계시다가 그때 승부를 보시죠."

"그것도 괜찮군."

"푸흐흐, 샤흐란 이 새끼, 이번엔 확실하게 끝낼 수 있겠구려. 개새끼. 봐서 거꾸로 매달아 놓읍시다."

강찬이 석강호를 따라 웃었다.

대충 인천의 검단 지역으로 이동해서 기다리기로 했다.

오후 4시쯤이었다.

김태진의 차로 이동했고, 차가 출발하자 석강호는 뒷자리에서 바로 잠이 들었다.

"피곤한 건 이해하겠다만 이런 일을 앞두고 실제로 잠을 자는 사람이 있을 줄은 몰랐다."

룸미러로 석강호를 흘깃 본 김태진의 말이었다.

원래 저런 놈인 걸 어떻게 하겠나? 강찬은 딱히 대꾸할 말이 없었다.

퇴근 시간 전이라 길이 막힌다는 느낌은 없었다.

웅웅웅. 웅웅웅. 웅웅웅.

그런데 전화가 와서 들어 보니 오광택이었다.

"여보세요?"

[나다. 통화 좀 괜찮냐?]

"말해."

아직 갈 길이 많이 남아서 굳이 마다할 이유도 없었다.

[너, 양진우 아들 새끼 팔 부러트렸냐?]

"이름은 모르겠고, 뱀눈같이 생긴 놈 팔을 부리트린 건 있다."

[울산공원 앞에 양진우 건물에서?]

"맞아."

김태진이 '이건 또 뭔 소리야?' 하는 눈으로 강찬을 슬쩍 보았다.

[신영동파라고 옛날 영동파 애들 모은 놈이 권세직이다. 이 새끼가 아마 우릴 치기 위해 명분이 필요했던 모양인데,

네 이름을 앞에 걸었다. 그까짓 놈 무섭진 않은데 혹시 모르니까 당분간이라도 조심 좀 해라.]

"깡패들이 싸우는 데 명분이 필요해?"

[네가 몰라서 그래. 이 바닥도 남의 구역 함부로 치고 들어오면 위아래에서 압력 주거든. 월등히 힘이 세면 모를까, 비등비등할 때는 그런 핑계로 시비 걸고, 누가 중재해 주면 업소 하나 뜯어 가려고 할 때도 많아. 아무튼, 며칠만이라도 몸 좀 챙겨.]

"알았다."

강찬은 전화를 끊고 낮에 뱀눈의 팔을 부러트린 일부터 오광택과의 통화 내용에 대해 설명해 주었다.

"양진우 그놈, 야비해서 깡패라기보다는 모사꾼에 가깝다고 들었다. 평가도 안 좋고. 그런데 그놈 밑에 있으면 가게든 건물이든 하나씩 챙기게 되니까 애들이 제법 따르는 모양이더군."

설명을 하면서도 김태진 역시 마음에 들지 않는 눈치였다.

"요즘은 돈 많은 깡패가 제일이야. 아무리 잘해 줘도 돈 없으면 곁을 떠난다더군. 그런 면에서 오광택이는 평가가 좋아. 애들 굶기지 않고, 또 그들 세계의 의리 중요시하고."

"그래 봐야 깡패인 거잖아요."

"그렇지."

자동차 전용 도로를 나오자 도로 폭이 좁아지면서 길이

막히기 시작했다.

"여기 산업도로를 타고 넘으면 바로 검단인데 그쪽은 제대로 된 식당이 없어. 차라리 이 근처에서 저녁 먹으면서 기다리자."

"그러죠."

김태진은 주차장이 넓은 한식당에 차를 세웠다.

깊은 잠에 빠졌던 석강호를 깨워 가게로 들어간 다음, 김치찌개 3인분을 주문했다.

"아까 그 얘긴데요."

밑반찬이 나올 때 강찬이 조용하게 이야기를 꺼냈다.

"오늘 낮에 내내 찜찜했거든요. 깡패라는 놈들이 너무 허술해서 기가 막힐 정도더라구요. 그랬더니 결국 뒤에 술수가 있던 거지요."

김태진이 물을 마시며 강찬의 말에 집중했다.

"만약 검단에 우리와 라노크의 시선을 쏠리게 한 게 같은 맥락이라면, 저놈들이 원하는 게 뭘까요?"

"검단이 미끼라고 생각하자는 거지?"

"그렇죠."

찌개를 놓아 준 아주머니가 가스 불을 켜고 돌아섰다.

각자 그럴 만한 이유가 뭐가 있을까를 생각했다.

가장 먼저 입을 연 것은 석강호였다.

"저놈들이 시종일관 노린 건 라노크잖소."

"그렇지."

강찬의 답에 김태진도 수긍하는 눈치였다. 두 사람이 다음 말을 기다리자 석강호는 수저로 찌개를 뒤적였다.

"그렇다는 거요."

하기야, 석강호에게 뭘 더 바라겠냐? 그것도 머리 쓰는 일을.

김태진이 고개를 갸웃하더니 전화기를 들고서 어디론가 전화를 걸었다.

"어, 수고들 많다. 지금은 어디에 있나?"

석강호가 불을 줄이며 김태진의 통화에 집중했다.

"파주? 그쪽에 공업단지가 있나? 어, 어. 그래, 알았다."

전화를 끊은 김태진이 위민국이 파주에 있다고 알려 주었다.

"아울렛에 들렀다 외곽의 식당에 막 들어갔다는데? 라노크에게 전화를 한번 해 보지?"

찌개가 먹기 좋게 끓었는데 누구도 수저를 들지 못했다.

강찬은 얼른 전화를 들었다.

[대사께서는 면담 중이십니다.]

"강찬입니다."

[알고 있습니다, 무슈 강.]

"대사님 지금 대사관에 계신 건가요?"

잠시 뜸이 있었다. 위치를 알려 줘도 되겠냐는 질문을 한 모양이었다.

[리옹과 파주가 자매결연을 맺어서 그 행사에 와 계십니다. 이곳에서 저녁 식사와 행사 하나를 마치고 출발할 예정입니다.]

강찬이 입 모양으로 '파주'라고 알려 준 뒤에 고개를 끄덕였다.

"잘 들으세요. 대사님이 위험합니다. 북한 쪽 특수요원들이 그쪽에 있을 확률이 높아요. 지금 바로 갈 테니까 정확한 위치를 주세요."

[무슈 강, 놀라운 정보이긴 하지만 이 부분은 대사님의 허락이 있어야 알려 드릴 수 있습니다.]

"알겠습니다. 그럼 일단 파주 쪽으로 출발할 테니 가능한 대사님과 빨리 통화할 수 있게 해 주세요. 그리고 근처에 요원이 몇 명이나 있나요?"

[그 점도 함부로 말씀드리기 어렵습니다. 죄송합니다, 무슈 강.]

"이해합니다. 다만, 대사님과 빠르게 통화할 수 있도록 조치해 주세요. 정말 위험할 수 있습니다."

전화 끊고 5분도 되지 않아 식사를 마친 세 사람이 동시에 일어났다.

"파주와 리옹이 자매결연을 맺어서 그 행사에 가 있답니다."

차가 출발하자 마음이 복잡했다.

잘못된 판단이면 샤흐란을 놓치는 것은 관두고 공연히 오지랖 넓은 짓해서 일을 망치는 꼴이 된다.

'일단 가자. 가서 라노크를 구하는 게 우선이다.'

도망간 놈은 나중에라도 죽일 수 있지만, 한번 죽어 버린 사람은 절대 되돌리지 못한다.

강찬이 결심을 굳혔을 때, 뒷자리에서 석강호가 전화기를 넘겨주었다.

"여기네. 오늘 리옹과 자매결연, 밤에는 횃불을 들고 산천어 잡이 축제도 있고."

차를 한쪽에 세운 김태진이 위치를 들여다보았다.

"위민국이 어떤 식으로 라노크를 공격할지, 짐작하기 어렵다."

"라노크의 차가 벤츠고 방탄이라고 하던데 그거면 괜찮지 않을까요?"

"도주하는 거라면 방탄차가 도움 되겠지만, 길에 세워 놓고 공격당하는 거면 십 분을 견디기 어렵지. 방탄유리가 결로 찢어져 버리니까."

장소를 숙지한 후에 차가 다시 출발했다.

"아예 위민국을 먼저 덮쳐 버릴까요?"

김태진이 운전석에서 얼른 시선을 돌렸다.

"뒷수습이 문제가 되나요?"

"그것도 나쁘지 않겠다. 만약 오늘 아무런 일이 안 나면 아예 우리는 위민국을 덮치자."

김태진이 굳은 결의로 말을 한 뒤로 특별한 대화는 없었다. 그는 새로 난 국도는 물론이고 예전의 도로까지를 상세히 알아서 목적한 곳에 어렵지 않게 도착했다.

"저게 대사의 차인 모양이지?"

"여기서야 사고 못 칠 거고, 역시 끝나고 나갈 때를 노리는 거겠죠?"

"그렇겠지."

세 사람은 멀찍이 떨어진 곳에서 트렁크를 열고 대검을 골라서 등 뒤에 꽂았다.

"흉갑은?"

"시선이 너무 끌려요."

김태진이 잠시 고민하더니 그대로 트렁크를 닫았다.

강찬과 석강호가 잠시 한쪽에서 담배를 피우고 있을 때였다. 라노크에게서 전화가 왔다.

"여보세요? 대사님?"

[무슈, 강, 검단이 아니라 이쪽에서 나를 노리고 있다는 말이 신빙성이 있는 겁니까?]

"어느 정도는요. 북한군 출신 중국인이 주변에 있는 것도 그렇고요."

놀란 듯한 숨소리가 먼저 들렸다.

[우리 정보국에서도 몰랐던 일을. 강찬 씨의 능력은 정말 놀랍군요. 인원은 얼마나 동원했소?]

"알기 어렵습니다. 그리고 저희 쪽은 세 명이 대기 중입니다."

[알겠습니다. 행사 끝나면 전화 드리고 함께 출발하지요.]

"예, 그렇게 하시죠."

통화가 끝났다.

강찬은 오히려 속이 후련해졌다. 지루하기만 하던 싸움이 오늘 끝장나는 거다.

유럽의 판세가 어쩌고 하는 일에 왜 한국 정부의 도움을 받지 않는지는 몰라도 오늘 결판내면 된다.

"강찬."

도로의 바깥쪽에 앉아서 목을 풀고 있던 강찬을 김태진이 다급하게 불렀다.

"모가지 귀신이다."

후다닥.

강찬과 석강호가 얼른 몸을 일으켜서 김태진의 시선을 따라갔다.

"승합차 보이지? 위민국 말고 다섯 놈 더 탔다. 다른 차는 안 보였고."

김태진이 승합차의 앞과 뒤를 멀찍이 살펴보았다.

"저 정도면 라노크를 잡는 데 충분하긴 하겠다."

승합차는 정식 주차장 외곽에 세웠다. 위민국은 차에서 내려 음료수와 물 따위를 사서 다시 차에 올랐는데, 이후로 문이 열리지는 않았다.

김태진이 미행하던 직원들에게 확인한 결과 오후에는 이 인원만 돌아다닌 것도 맞다.

"샤흐란을 버린 거로군요. 일단 급해서 구해 봤는데 영양가가 없으니까 미끼로 던지고 라노크를 노린다는 계획이었나 본데요."

"충분히 그럴 수 있지."

"저놈들 뒷수습은 누가 합니까?"

"우리 쪽에서 알아서 한다. 내가 볼 때 라노크는 중국이나 북한에서 요원이 들어온 것까지는 알아도 정확하게 누가 온 선지는 모르는 모양이니까 그런 식으로 처리하마."

주변이 어둑어둑해지고 멀리서 횃불이 보였다.

마이크를 잡은 사회자가 악을 쓸 때마다 사람들이 환성을 질러 댔다.

강찬의 전화가 울렸다.

[대사님 차량 출발합니다. 전화 끊지 마세요.]

라노크가 아니라 이전에 통화했던 요원이었다.

셋은 얼른 차에 타고 주차장에서 벤츠가 나오길 기다렸다.

[주차장 나갑니다. 확인되셨나요?]
"봤어요. 뒤를 따라가죠."
강찬의 말에 따라 김태진이 라노크의 차량 뒤에 붙었다.
승합차가 뒤늦게 움직였으나 강찬의 뒤에 붙었다.
"저쪽에 고개를 넘어가는 길이 원래 적막하지. 신설 도로라 아직 가로등도 제대로 없고."
김태진이 앞쪽에 펼쳐진 언덕을 가리켰다.
언덕을 넘어가서였다.
벤츠가 갑자기 오른쪽으로 빠져 숲으로 난 길로 들어섰다. 김태진과 강찬은 당연히 따라갔는데 승합차도 멈추지 않았다.
바닥의 굴곡이 자동차의 진동으로 고스란히 느껴지는 길을 지나 으슥한 곳에서 벤츠가 멈춰 섰다.
"라노크는 안 타고 있겠군."
김태진이 혼잣말처럼 중얼거리며 문을 열었다. 강찬과 석강호가 그의 뒤를 따라 차에서 내렸다.
승합차에서 아직 한 명도 내리지 않았을 때였다.
뒤에서 승용차가 한 대 더 들어와 승합차의 뒤를 막아 버렸다.
"미행하던 우리 직원이다."
강찬은 승합차만 보고 있었다.
조수석에 타서 자신을 보고 있는 놈. 전에 호텔에서 눈이 마주쳤던 놈이 분명했다.

"젠장! 피해!"

강찬은 다급하게 외치고 석강호의 뒤통수를 당겼다.

김태진도 얼떨결에 강찬을 따라 달렸다.

철컥. 드르륵.

모두 6명이 차에서 내렸다.

강찬은 벤츠의 창을 두들겼다.

티잉. 팍. 티잉. 팍.

그때, 총성이 들리며 벤츠에서 불똥이 튀었다.

"총 가진 거 빨리 줘."

놈들이 빠르게 벤츠로 다가올 때 요원이 소음기 달린 권총을 건네주었다.

티이잉. 티잉. 티이잉.

직돌이 급하게 몸을 숙이며 옆으로 튀었다.

"나머지도."

총알이 날아들고 적의 숫자가 많은 터라 곧바로 총 2자루가 더 나왔다.

강찬은 김태진과 석강호에게도 총을 건네주었다.

"아, 이 미친 개새끼들."

소음기를 달았다고 영화에서처럼 '푸슉' 하는 정도로 소리가 줄어들지는 않는다. 그냥 '타앙' 하는 소리가 한 꺼풀 죽어서 나온다고 보는 게 맞다.

이 정도면 듣는 사람은 누구든 총소리인 줄 안다.

대한민국에서 총을 쏴 대면 어쩌자고?

그건 나중 문제고, 지금은 우선 살아남는 게 중요했다.

강찬은 석강호에게 검지와 중지로 승합차를 가리키고 김태진에게 우측을 가리켰다.

글록 19이니까 장탄수, 막말로 15발 정도 있다고 보면 된다. 그중 앞에서 3발을 쐈다.

적들도 함부로 총을 쏘지는 못하는 눈치였다.

그렇다고 오랜 시간을 끌지도 못한다. 이미 총소리가 울린 다음이라 언제 군이나 경찰이 달려올지 모른다.

'라노크가 대단한 인물이긴 한가 보군.'

적어도 대한민국에서 총을 쏘게 만들 정도의 인물이란 뜻이다.

손에 담긴 권총의 느낌이 나쁘지 않았다.

여기서 시간을 끌면 무조건 우리 쪽이 유리하다. 강찬은 소리 나지 않게 벤츠의 바닥에 엎드렸다.

장사 하루 이틀 하는 것도 아니고.

티잉. 티잉. 티잉.

석강호가 엄호사격을 하자 승합차에서 불똥이 튀었다.

'오케이!'

급하게 한 놈이 몸을 움직였다.

티이잉.

"끄으윽."

털썩.

발목이 나간 놈이 바닥에 넘어질 때 다른 놈이 또 움직였다.

티이잉.

털썩.

두 놈.

강찬은 다른 놈 하나가 타이어 뒤에 발을 감추는 걸 보았다.

티잉. 티이잉. 티이잉.

푸슉. 덜컹.

"끄윽."

털썩.

세 놈.

타이어가 터지며 승합차가 그쪽으로 주저앉을 때 또 한 놈이 바닥에 쓰러졌다.

세 놈 남았다.

적이 반으로 줄면 대개 비슷한 행동을 취한다.

특수부대라 다르지 않냐고? 지랄. 죽게 생긴 놈들과 작전에 실패하게 생긴 놈들은 거짓말처럼 같은 패턴을 반복한다.

남은 놈들끼리 한자리에 모이는 거.

"다예."

강찬은 석강호에게 바닥을 가리켰다. 적이 똑같은 방법을 쓰지 못하도록 하는 거다.

석강호가 얼른 벤츠의 아래로 엎드려 권총을 앞으로 겨눴다.

강찬은 재빠르게 몸을 일으켰다.

"한 놈만 맡아 주세요."

김태진이 당황한 얼굴로 강찬을 보았다.

"내가 달려 나가면 가장 왼쪽. 아셨죠?"

김태진이 급하게 고개를 끄덕였다.

하나, 둘.

강찬이 왼손 검지, 중지를 차례로 편 다음 재빠르게 벤츠의 오른쪽으로 달려 나갔다.

후다닥.

티이잉. 티잉. 티잉.

석강호가 먼저 총을 쐈다.

티잉. 티잉. 티잉.

그리고 김태진이 연속해서 총을 쏴 댔다.

강찬은 아예 승합차를 향해 곧바로 달렸다.

티이잉.

털썩.

티이잉.

털썩.

2발에 두 놈이 끝났다.

그런데 모가지 귀신이 보이지 않았다.

티이잉.

"윽!"

강찬이 서 있던 승합차의 반대편에서 총소리가 나더니 김태진이 어깨를 맞고 바닥에 넘어졌다.

강찬은 승합차의 뒤를 빠르게 돌았다.

터억.

위민국과 강찬은 동시에 상대의 권총을 밑으로 눌렀다.

퍼버버벅. 퍼벅. 퍼버버벅.

눈 깜짝할 사이에 몇 번인지 모를 정도로 손이 오갔다.

파악. 팍.

그리고 거의 동시에 둘이서 허리춤에 꽂아 두었던 대검을 꺼냈다.

이런 놈을 김태진이 상대한다고?

"간나 새끼."

뭐래는 거야?

시간을 끌어서 좋을 것이 없다. 강찬은 빠르게 앞으로 달려들었다.

터덕. 터더덕. 퍼벅.

'이런 사람이 있구나.'

연습할 때마다 만들었던 가상의 적이 현실에 나타난 느낌이었다.

손짓 하나, 눈길 한 번의 틈도 용납하지 않는 사내.

휙! 휘익! 퍼벅.

대검의 날이 눈 바로 앞을 지나가도 상체를 빼지 않는 독종은 처음이었다.

퍼버벅. 피윳!

강찬이 손목을 세차게 긋자 위민국이 얼른 두 걸음을 물러났다.

"하아! 기가 막히누만. 대업을 망치는 것도 기렇고, 그 솜씨도 기렇구."

위민국은 손목을 꾹 눌러 잡고 강찬을 노려보았다.

마무리를 해야 했다.

강찬은 대검을 고쳐 들고 위민국에게 다가갔다.

위민국이 이를 악물며 강찬에게 달려들었다.

퍼버벅. 피윳! 피윳! 피윳!

그러나 이미 싸움은 기울었다.

나이가 있어서 그런지 한 칼을 먹은 후에 위민국은 힘없이 뒤로 밀렸다.

푹. 푹. 푹. 푹.

강찬이 겨드랑이와 어깨를 찍은 다음, 연달아 양쪽 어깨의 근육을 갈라 버렸다.

피읏! 피읏!

이 정도 해 놓으면 이놈은 앞으로 제대로 힘을 쓰지 못한다.

덜컹!

밀려난 위민국이 승합차에 부딪치며 몸을 세웠다.

'이걸 죽여야 하나?'

강찬이 잠시 고민할 때였다.

"강찬."

김태진이 오른쪽 어깨를 떨군 채로 강찬을 불렀다.

"보내 주자. 총소리가 울려서 이대로 보내는 게 낫겠다. 어차피 근육은 다 갈라 버린 거 아니냐?"

강찬이 시선을 돌렸을 때 위민국은 허탈한 얼굴이었다.

"가라."

라노크를 구한 거고, 위민국과 다른 원한이 있는 것도 아니다.

강찬이 고갯짓을 하며 차를 가리키자 김태진이 말을 덧붙였다.

"위민국, 승합차는 내일 우리 직원을 시켜서 보내 줄 테니 당장은 가장 뒤에 있는 차를 타고 가라."

위민국이 고갯짓만 했다.

다리를 저는 세 놈이 상체가 피범벅인 두 놈을 억지로 차에 태웠다.

위민국이 타자 차가 곧바로 출발했다. 정원 초과라 뒷좌석이 무척 좁아 보였다.

무언가 허전한 느낌에 뒤를 돌아보았는데 요원 셋이 그제야 차에서 내렸다.

"대사님은?"

"다른 차로 출발하셨소."

어딘지 기분이 찜찜했지만, 굳이 라노크가 이곳에 있을 필요는 없었다.

출발이다.

김태진의 직원에게 승합차를 손봐서 움직이라 해 놓고 세 사람은 우선 병원으로 향했다.

운전은 석강호가 했다.

"나이를 먹는 건 슬픈 일이야."

김태진은 트렁크에서 꺼낸 붕대로 상처를 감싸고 있었다.

"자넨 괜찮나?"

"다행히 오늘은 이렇게 멀쩡하네요."

실제로도 다친 곳은 없었다.

"아버님이 경유자동차 강대경 대표 맞지?"

"예."

왜 그러냐는 투로 슬쩍 시선을 돌렸을 때였다.

"비무장지대에서 왕으로 불린 양반이 떠올라서 그래. 우리고 저쪽 애들이고 비무장왕이라고 불렀거든. 누구든 걸리면 무조건 목이 달아난다고. 세 명 정도로는 상처 하나 안 입을 만큼 타고난 양반이었지."

"그게 언제 적 얘깁니까?"

"그렇긴 하네."

자동차 전용 도로에 들어선 석강호가 속도를 높였다.

⚜ ⚜ ⚜

전화를 해 놓아서 유헌우가 기다리고 있었다.

"아니, 대한민국 어디에서 총상을 입고 옵니까? 내가 모르는 다른 세상이 있는 건가요?"

꿰매고 붕대를 감아 주며 유헌우는 아예 고개를 저어 댔다.

"스치듯이 살만 갈라놓은 상처라 일주일 정도 입원해 보시고 그 뒤에는 통원해도 되겠습니다. 병실은 전에 쓰던 걸 비워 드리지요."

시원시원하게 치료를 마친 유헌우가 김태진에게 주의 사항을 전했다.

세 사람이 병실에 들어가자 서상현이 올라와서 넷이 모였다.

커피를 타고 막 자리에 앉았을 때였다. 라노크에게서 전화가 왔다.

닭 쫓던 개

"강찬입니다."

[무슈 강, 오늘 덕분에 커다란 위기를 넘겼습니다. 그리고 기쁜 소식이 있는데 샤흐란을 잡았습니다.]

"예? 언제요?"

[강찬 씨가 적을 상대할 때 우리 요원들이 덮쳤지요. 현재 대사관에 있고, 내일 프랑스 본국으로 송환할 예정입니다.]

강찬은 순간 멍했다. 엉뚱한 싸움에 끼어들어 개처럼 싸우고 났더니 닭은 다른 놈이 챙긴 꼴이다.

"대사님, 제가 이해하기가 어려운데요."

그래서 강찬의 음성은 곱지 않았다.

[이해합니다, 무슈 강. 하지만 제 입장도 생각해 주시길 바랍니다. 어쩌면 내일 저도 본국으로 함께 갈지 모릅니다. 이후의 일정에 대해선 따로 의논드리도록 하겠습니다.]

사무적인 대화를 끝으로 전화가 끊겼다.

강찬은 눈치를 보고 있는 세 사람에게 통화 내용을 알려 주었다.

"뭐 이런 엿 같은 경우가 있지?"

석강호가 분통을 터트리는 동안에도 강찬은 아무 말도 못했다. 병풍 셋에게 당한 이후로 연타로 내리 멍청한 꼴을 당한 거다.

"그럼 저 새끼들은 우리보고 도와달라고 할 때도 샤흐란을 빼돌릴 생각을 하고 있었단 거 아뇨?"

"그런 거지?"

"그렇잖소? 우리가 이렇게 나선 게 샤흐란을 잡자는 거지, 제 놈 명령을 듣자는 건 아니었잖소."

강찬이 창밖을 보았다.

이건 아니다. 필요하다면 대사관에 뛰어 들어가서라도 샤흐란을 끝장내야 한다.

피식.

'이것들이 사람을 완전히 병신 취급을 하네.'

강찬은 독하게 마음먹고 전화를 걸었다.

[무슈 강.]

라노크는 감정을 배제하려 애쓰는 목소리였다.

"대사님, 이건 아닌 것 같아서 전화드렸습니다. 만약 끝까지 이런 식으로 처리하신다면 그 이후에 나올 결과에 대해 사오해 두시는 게 좋을 겁니다."

수화기 너머에서 나직한 한숨이 들렸다.

강찬이 피식 웃으며 전화를 끊으려는 참이었다.

[잠시만요, 무슈 강! 본국 정보총국에서 살아 있는 샤흐란을 요구했습니다. 나 역시 몹시 언짢은 방식이지만 제가 서 있는 자리에서 꼭 필요한 일이었습니다. 이후로 샤흐란이 절대 다른 짓을 못 할 거라는 데 제 모든 명예를 걸지요. 그렇게 이해해 주시면 안 되겠습니까?]

"샤흐란을 만나게 해 주십시오."

닭 쫓던 개 • 315

[무슈 강.]

"그 정도도 안 된다는 겁니까? 그렇다면 저 역시 제가 알아서 움직이겠습니다. 이후로 불편하게 대면하더라도 너무 서운하게 생각하지 마십시오."

[무슈 강! 알았습니다. 다만, 십 분만 시간을 주시지요. 제가 그 안에 전화하겠습니다.]

"기다리겠습니다."

강찬은 전화를 끊고 내용을 다시 설명해 주었다.

샤흐란의 낯짝을 보면 어떻게 바뀔지는 몰랐으나 적어도 정말 닭 쫓던 개처럼 허공만 바라보는 것은 성격상 용납이 안 되는 일이다.

강찬은 새삼 분통이 터져서 눈이 번들거렸다.

정보국이나 정보총국 따위 두려워한 적은 없다. 좋은 게 좋은 거란 뜻이지, 이렇게 멍청한 꼴을 당할 만큼 바보라는 뜻은 아닌 거다.

잠시 후에 전화를 걸어온 라노크는 병원에 차를 보낸다고 했다.

"같이 갑시다."

"그러자."

석강호의 청을 받아들이고 난 다음이었다.

"어쩌면 지금 죽이는 것보다 정보국에 잡혀가는 게 더 고통스럽지 않겠나. 배후를 캐기도 그게 더 쉬울 거고. 그러니 자네가 좀 참아."

"일단 보고 결정하려구요."

"그거야 자네 판단이지. 하지만 욱하는 일이 없었으면 해서 하는 말이다. 내가 모가지 귀신을 살려 보내자고 한 것도 그런 맥락이니까."

강찬은 무슨 뜻인지 다 알아듣지는 못했다.

"중국과 프랑스의 신경전일 수 있어. 거기에 위민국과 샤흐란은 그냥 일종의 미끼가 된 거지. 그래서 각자 동선 파악이 서로 안 된 걸 수도 있고. 자네가 좀 참고 냉정하게 판단해 주었으면 싶다."

"알았습니다."

잠시 후, 주차장이라고 연락이 와서 강찬과 석강호가 병실을 나갔다.

그때까지 한마디도 못하고 있던 서상현이 마법에서 깨어난 사람처럼 김태진을 보았다.

"지금 프랑스 대사를 협박한 겁니까? 대사는 그걸 받아들여서 차까지 보낸 거구요?"

"그것뿐인 줄 아나? 특수군 다섯을 혼자 잡았고, 마지막에 모가지 귀신하고 격투술로 붙어서 저렇게 상처 하나 없이 그놈을 반병신 만들었다."

"다섯은 총으로 잡았다는 말씀인 거죠?"

"미치겠더라. 엎드려서 발목을 쏘는 것도 그렇지만, 달려

가면서 두 발에 두 놈을 잡았다."
"권총으로요?"
김태진이 고개만 끄덕였다.
"하아! 도대체 불가사의네. 칼이야 그렇다고 쳐도 권총 사격은······."
"두 발에 두 놈을 잡은 것도 그래. 정확하게 한 발씩 쏘더라니까. 나 같으면 우선 몇 발씩 쏘고 봤을 텐데. 당시에는 몰랐는데 시간이 지나서 생각해 보니까 섬뜩하더라. 그 상황에서 표적에 명중시킬 자신이 있었던 거지."
"도대체 어떻게 된 걸까요?"
"그러게나 말이다. 아무튼, 저 친구는 무조건 우리 회사에 넣자. 잘하면 정부 일을 할 수 있을지도 모르겠다."
"어후."
서상현이 엄두가 안 난다는 투로 고개를 저어 댔다.

차는 한강을 건너가 15분쯤 달려서 프랑스 대사관 지하 주차장에 들어섰다.
직원의 안내를 받아 엘리베이터를 타고 2층으로 올라갔다. 엘리베이터에서 내리자 다른 직원이 두 사람을 맞았다.
"이쪽으로 오십시오."

볼품없이 키가 커다란 직원이 복도를 지나 가장 안쪽의 문을 열었다.

"무슈 강, 어서 오세요."

라노크는 정장 바지에 셔츠만 입고 있었다.

"대사님, 석강호입니다. 샤흐란과 관계도 있고, 이번에 가족이 납치되기도 했었습니다."

강찬이 석강호를 소개하자 라노크는 두 사람에게 탁자 앞의 의자를 권했다.

"본국의 결정에 많이 서운하셨으리라 생각합니다. 하지만 배후를 알아내는 것이 그만큼 중요한 일이라 믿으시고 이해해 주기를 바랍니다. 대사관에는 요원만 있는 것이 아니라 한국인 직원들도 있어서 말이 나오지 않도록 내일 새벽에 송환할 생각입니다."

라노크는 탁자에 있던 주전자를 들어 두 사람에게 차를 따라 주었다.

"샤흐란은 어디 있습니까?"

"차 한 잔 하고 만나기로 하지요."

"먼저 보고 싶습니다."

강찬이 강하게 원하자 라노크도 더는 말리지 않았다.

"그럼 그렇게 하지요. 따라오시겠습니까?"

라노크가 앞서 가고 강찬과 석강호가 뒤를 따랐다.

방을 나온 라노크는 엘리베이터와 가장 가까운 쪽 방문

을 열었다.

강찬과 석강호가 안으로 들어갔을 때 샤흐란은 중환자용 침대에 누워 있었다.

덥수룩한 수염, 거죽과 뼈만 남은 앙상한 얼굴. 왼쪽 옆구리로 호스 2개가 꽂혀서 기괴하게 돌아가는 기계와 연결된 것이 보였다.

그의 퀭한 눈이 강찬을 보는 순간 힘이 들어갔다.

강찬이 다가서자 요원 둘이 앞을 막았다가 라노크의 눈짓을 받고 뒤로 물러났다.

"강찬."

강찬은 말없이 샤흐란을 노려보기만 했다.

여차하면 죽여 버릴 생각이었다.

그런데 침대에 누워 기계의 힘에 의지해 삶을 견디는 꼴을 보고 있자니 굳이 그럴 필요도 없다는 생각이 들었다. 정보국에서 데리고 가는 거라면 후환을 두려워할 필요도 없는 거다.

"날 죽이지 않을 건가?"

움푹 팬 볼을 움직이며 샤흐란이 강찬을 자극했다.

"굳이 그럴 필요도 없겠는데?"

"후회될 텐데?"

강찬이 고개를 끄덕였다.

"그럴지도 모르지. 궁금하면 내 앞에 또 나타나 봐. 그땐 반드시 모가지를 갈라 줄 테니까."

강찬은 말을 마치고 뒤로 물러났다.

석강호가 이를 악물고 있다가는 고개를 저으며 아예 몸을 돌렸다.

잠시 후, 세 사람은 다시 라노크의 방으로 돌아왔다.

"이번에 북한이 움직인 것을 몰랐던 것 때문에 본국의 정보국이 온통 난리입니다. 강찬 씨의 도움이 아니었다면, 휴우. 저는 일단 내일 본국으로 돌아갑니다. 배후가 밝혀질 때까지는 돌아오기 어려울 것 같습니다."

"그렇군요."

"강찬 씨께는 가끔 전화하겠습니다."

"그러시죠."

강찬이 쓰게 웃고는 그만 돌아가겠다는 뜻을 밝혔다.

내일 새벽에 프랑스를 가야 하는 라노크도 그렇지만, 여기에 더 있고 싶지도 않았다.

엘리베이터 앞에서 악수를 나누고 라노크와 헤어졌다. 여러 가지로 사연이 많았다.

지하에서 차를 타고 병원으로 돌아왔다.

김태진에게 전후 이야기를 전하고 석강호와 둘이 병실을 나섰을 때는 얼추 11시가 다 된 시간이었다.

"하루가 참 기우."

왜 아니겠나?

"이상하게 맥 빠지지 않소?"

"그러게 말이다. 쯧!"

"커피나 한잔하고 갑시다."

"그러자."

둘이서 병원 앞 카페의 테라스에 앉아 시원한 냉커피를 마시며 담배를 피워 물었다.

"오늘은 어떻게 온종일 당하기만 한 거야."

"푸흐흐."

석강호가 냅킨을 들어 얼른 입을 닦았다.

"잊어버려요. 샤흐란이 본국으로 송환되면 이걸로 끝이요, 끝! 이제 우리도 좀 재미나게, 맘 편히 살아 봅시다."

석강호가 시원하게 담배 연기를 뿜어냈다.

"그럴까?"

"그러자구요. 큰돈 바라는 것도 아니잖소. 여기저기 맛있는 것도 먹으러 다니구, 다 같이 놀러두 가고. 그렇게 삽시다."

둘이서 한 시간쯤 킬킬대자 찝찝했던 기분이 좀 풀렸다.

택시를 타고 각자 집으로 향한 뒤, 강찬은 참 깊게 잠이 들었다.

새벽에 달리기를 하고 나자 오히려 피곤이 풀리는 느낌이었다.

좋았다. 찜찜하든 어떻든 간에 혹처럼 붙어 있던 샤흐란의 일이 정리된 거다. 한 달쯤 더 지켜보다 경호하는 일도 그만두게 할 생각이었다.

아침을 맛있게 먹고 학교를 향할 때는 기분도 상쾌했다.

스탠드에 허은실과 이호준, 그리고 머저리 같은 놈들이 쭉 앉아서 강찬을 반겨 줄 때까지 말이다.

"우리 왔어."

저것들이 이렇게 부지런한 줄은 몰랐다.

"일찍 나왔다?"

"약속했잖아."

듣고만 있으면 원래부터 약속을 잘 지켰던 것 같다.

운동부실로 들어서자 석강호도 벌써 나와 있었다.

"저것들을 어쩌우?"

"왕따를 없애 준다잖냐. 그냥 애들 뛸 때 같이 달리게 해."

"그래도 되겠소?"

"안 할 거면 운동부에 뭐하러 나오냐?"

"그도 그렇긴 한데 기존의 애들이 불편할까 봐 그게 걱정이오."

둘이 이야기를 나누는 동안 운동부 아이들이 하나둘 나왔고, 직원 다섯도 나왔다.

강찬은 밖에 있는 아이들이 방학 동안 같이 운동할 거라고 먼저 설명했다. 그런데 아이들이 뜻밖에도 그리 부담스럽지 않게 이야기를 받아들였다.

옷을 갈아입는 동안 강찬은 스탠드로 나왔다.

허은실과 이호준을 포함해 대략 10명 정도 되는 아이들이 스탠드에 있었다.

"너희도 오전 달리기부터 같이해."

"알았어."

대답은 허은실이 했다.

"운동복으로 갈아입으면 돼?"

"가져오긴 했냐?"

"다들 편한 옷은 준비했어."

"그럼 그렇게 해."

소위 일진이라는 것들이 운동복을 갈아입겠다고 줄줄이 일어서서 건물로 들어갔다. 하기야 이호준과 허은실을 빼면 나머지는 죄다 2학년들이라 강찬에게 말도 제대로 걸지 못한다.

시간이 되자 직원들 다섯이 앞에 섰고 그 뒤로 운동부, 마지막에 사고뭉치들이 섰다.

강찬과 석강호가 스탠드에서 그걸 바라보았다.

"거참, 살다가 저놈들이 알아서 뛰는 걸 다 보우."

"왜?"

"뭘 시켜도 말을 안 들어먹던 놈들이라 그렇소."

그런가?

강찬은 말없이 하는 꼴을 지켜보았다.

4바퀴를 달렸을 때 새로 온 2학년 놈들 서넛이 줄에서 떨어지기 시작했다. 놈들은 강찬의 눈치를 살피며 비척거리다가 결국 스탠드로 빠져나왔다.

3바퀴를 더 달렸을 때 운동부는 전원이 뛰고 있었고, 일진 중에는 허은실이 유일하게 꼬리에 남아 있었다.

처음 뛰는 거라 그럴 만했다.

피식.

강찬은 달리는 아이들을 보며 웃고 말았다.

지고 싶지 않다는 의지가 운동부 아이들 얼굴에 또렷하게 오른 것을 보아서였다.

2바퀴를 더 돌았을 때 허은실도 결국 대열에서 떨어졌다.

여기까지.

강찬은 석강호와 함께 운동부실로 들어와 기구 운동을 했다.

2시간쯤 지나 운동이 끝났다. 샤워를 하기 위해서 밖으로 나가 보니 스탠드에 앉은 아이들이 불편한 자세로 격투술을 지켜보고 있었다.

"먼저 씻어."

"그럽시다."

당직실은 둘이 샤워하기 어렵다.

강찬은 우선 스탠드로 걸음을 옮겼다. 그러자 삐딱하게 앉아 있던 놈들이 얼른 자세를 바로잡았다.

"이호준이."

강찬은 이호준을 불렀다.

"어."

이상한 소리로 대답한 놈이 강찬의 곁으로 왔다.

"어제 그 뱀눈 말이다. 그 위로 학생회장인가 있다고 했지? 그 새낀 또 뭐야?"

"광민대학교 학생회장 오빠가 일진 연합 대장이야."

"전엔 깡패가 끌었다고 했잖아."

"조직이 없어지니까 그 오빠가 오히려 힘이 세졌어."

허은실이 대화에 끼어들었는데, 궁금한 것을 듣고 싶었던 참이라 다른 말을 하진 않았다.

"그럼 그 새끼만 두들기면 더는 괴롭히는 놈들이 없는 거냐?"

허은실은 대답이 없었다.

"왜? 그래도 또 남는 게 있어?"

"그러려면 이번에 퇴원해서 나오는 애들이랑 힘을 합쳐야 해. 저쪽은 머릿수가 많거든."

괜히 얘기 꺼냈다가 본전도 못 찾았다.

강찬은 먼저 몸을 씻을 걸 잘못했다는 생각이 들었다.

"광민대학교 격투부는 전국에서도 알아줘."

전국 깡패들이 알아주나?

강찬은 피식 웃고 몸을 일으켰다.

귀찮지만 당분간은 이게 최선이다. 공연히 돌아다니면서 도와달라는 전화질해 대는 것보다는 차라리 이게 백번 낫다.

당직실에서 석강호가 나오자 바로 몸을 씻었다. 개운했다.

샤워를 하고 나왔을 때였다.

"선배님, 저 형들 점심은 어떻게 해요?"

문기진이 운동부실 앞에서 난처한 얼굴로 질문을 던졌다. 하지만 일진 놈들도 밥은 처먹어야 한다.

"아, 거, 개새끼들."

방학 동안 점심값 모두를 김태진이 부담하겠다고 한 것을 강찬이 단호하게 거절했고, 이후로 석강호와 둘이서 번갈아 가며 내던 참이다.

'저것들한테 삥을 뜯기는 건가?'

강찬은 일진 놈들 밥값을 내는 것이 홱 기분이 상했지만, 숨을 길게 내쉬며 참기로 했다.

"오늘은 어디에 시킬 거냐?"

"분식집이요."

"그럼 난 돈가스로 해 주고 재들 것도 받아 줘라."

"예, 선배님."

답을 한 문기진이 메모장과 볼펜을 들고 스탠드로 향했다.

강찬은 운동부실에서 옷을 갈아입고 밖으로 나왔다.

잠시 뒤에 배달이 왔고, 남학생들은 다 같이 스탠드에서 밥을 먹었다. 처음엔 어색하더니 자주 하니까 이제 그리 불편하지 않았다.

"오후엔 뭐할 거요?"

"병원에 가 볼까 하는데. 왜? 다른 일 있어?"

"그냥 뭐하려는지 궁금해서 그렇수."

석강호가 단무지를 2개를 동시에 입에 털어 넣고는 강찬을 보았다.

"샤흐란도 없어지고 했으니까 우리 가평이나 한번 다녀옵시다."

강찬은 풀썩 웃으며 그러자고 했다.

샤흐란의 일이 끝난 거다. 그에 맞게 디아이부터 하나씩 정리할 필요가 있었다.

4권에 계속

www.mayabooks.co.kr

www.mayabooks.co.kr